D0889197

La vie critique

DU MÊME AUTEUR

La Ville des grincements de dents, Calmann-Lévy, 1998
Replay : Articles 1990-2000, Purple books, 2000
Encore mort déjà vivant, avec Gérard Marty, Verticales, 2000
Ego surf. Un journal de l'an 2000, Calmann-Lévy, 2001
Le Génie du communisme, Gallimard, coll. « L'Infini », 2004
Gainsbourg vu par Arnaud Viviant, Hugo et Compagnie, 2008
Complètement mytho ! Chroniques de la vie moderne, Bourin Éditeur, 2009

Arnaud Viviant

La vie critique

ROMAN

Belfond

Belfond | un département **place des éditeurs**

place
des
éditeurs

1

Parfois on lui demandait s'il écrivait. Cela arrivait assez souvent dans son milieu où il avait à surmonter le regard du professionnel détectant le menteur, mesurant l'angoisse de la page blanche (alors que la page mal noircie ?) à la manière d'un professeur qui, au premier coup d'œil, saurait reconnaître l'élève fainéant et insolent. En ville, on jurait que non. On en faisait des gorges chaudes. On racontait qu'au fur et à mesure d'on ne sait quoi, sans même parler du moment, il avait perdu le nerf nécessaire, la vicissitude à vif, l'alchimie secrète.

On racontait qu'à la place il se rendait sur des sites internet sadomasochistes, dans le but de rédiger de courts récits pornographiques à quatre mains. Qu'il chattait ainsi à temps perdu on ne peut moins recherché avec des pervers pépères qui fantasmaient sec à base de Viagra mental, qu'il échangeait des insanités trop écrites avec des femmes et des hommes peu estimables : une dominatrice de Toulon, Esse de Poitiers et bien sûr JLC, son Maître attitré, un imprimeur de Versailles à la retraite, qui pianotait sur son clavier :

« Tu ne deviendras ma chose que lorsque tu seras à genoux derrière moi, cuisses écartées et mains dans le dos, ton visage enfoui entre mes fesses pour que tu roules littéralement un patin à mon trou, ainsi que tu le ferais avec la bouche de ton amoureuse. »

Voilà qui le ramenait à ses lectures. Puisque lire professionnellement la production courante, comme il le faisait, ces feuilles volantes ou pesantes du roman contemporain, le tout-venant de l'édition mondialisée, l'amenait forcément à se retrouver parfois le visage enfoui entre des pages pas toujours très propres, qu'il tentait d'aimer, maints paragraphes auxquels il essayait de se river sans se boucher le nez.

Esclave de la littérature générale, bosser un ti peu.

Il échancrait les livres comme des corsages, cherchait à se rincer l'œil sur des styles trop plats, des écritures informes, parfois difformes. À ce stade de servitude volontaire, il y avait une pornographie de la lecture, une véritable voracité d'Hannibal lecteur dès potron-minet, qui ne dévorait jamais moins de deux cents pages dans la journée, et moins de quinze volumes par mois. En abattant les chapitres de la même façon que, dans son imaginaire vagabond, on sciait les arbres pour les imprimer, avec des ahans, il avançait clopin-clopant son paquet de cigarettes. En pleine logomachie, il cornait des pages intéressantes avant de retourner se laver le cerveau à la giclure élégiaque des sites pornos. Il travaillait toujours ainsi : tête-bêche, texte contre sexe, exactement comme dans son adolescence où la lecture d'un chapitre de Balzac était précédée d'une branlette, et celle d'un acte de Corneille d'une petite caresse à son anus.

Pour comprendre semblable association d'idées, il fallait peut-être remonter à Michèle. Elle avait été sa première fiancée, élue sur un regard dans l'escalier du lycée que l'on dévalait en troupeau vers la cour de récréation. Il l'avait choisie à son visage fermé, à son ciré bleu qu'il avait photographié dans la cohue, et dont le cliché trônait toujours, encadré dans sa mémoire, trente-cinq ans plus tard. Ce jour-là, elle parut un vague instant intéressée d'être regardée, peut-être pour la première fois de cette façon qui ne laissait aucun doute quant aux motivations de ce lycéen inconnu, d'une autre classe qu'elle ; mais à sa mine, à son corps, à ses habits de la même classe sociale. C'était un lycée du centre-ville, de type bourgeois, où la minorité des pauvres se repérait de loin à ses curieux vieux vêtements.

Il séduirait lentement Michèle. Il l'embêterait de sa rage obstinée à lui parler, à lui donner rendez-vous, une fois, deux fois, douze fois sans pour autant jouer les séducteurs, mais plutôt les entêtés romantiques.

Il s'acharnerait à la convaincre d'une prédestination qui les dépassait tous les deux, à laquelle ni elle ni lui ne pouvaient plus rien à ce stade, retenus comme ils l'étaient par une main solide qui venait d'assez loin, d'assez haut, une main que l'on pouvait supposer vide d'intentions, bien sûr, mais dont la paume, reconnaissons-le, était des plus charnues. Il l'embobinait avec ses mots à lui jusqu'à ce qu'elle consentît à lui céder avec ses mots à elle, lui accordant au bout de quelques semaines qui moisirent vite l'entrevue tant désirée. Et une fois qu'il eut gagné ses lèvres, puis ses seins en poires légères, tels qu'il n'en goûterait plus jamais de sa vie, ils parlèrent.

Plutôt, elle lui parla.

De livres, d'auteurs.

Elle vida son sac, égrena un chapelet de noms dont il n'avait jamais entendu parler : Duras, Bataille, Barthes, d'autres encore qui lui disaient quelque chose, mais qu'il n'avait jamais lus : Stendhal, Flaubert... Il avait remporté son corps, elle avait gagné sa tête. Elle le pénétra de littérature.

Durant les mois qui suivirent, il lut, lut, lut. Il se soumit à la lecture, puisque c'était la loi de Michèle et qu'il n'obtiendrait jamais rien d'elle qui ne serait prélevé (alimenté eût dit une mère, ou vulgairement approvisionné selon un homme d'argent) d'une lecture. Il s'y plia bien volontiers, convaincu d'avoir affaire à un merveilleux donnant-donnant : lettres contre l'être, mot à mot. Connaîtrait-il jamais un régime plus heureux dans le reste de son existence ? Michèle avait été son professeur de désir littéraire. Elle volait chaque jour un livre pour lui, qu'elle lui offrait le lendemain et dont ils discutaient le surlendemain, au café.

Sous sa gouverne, il apprit à lire mieux, d'abord plus vite, même s'il s'aperçut au bout de quelques semaines qu'il ne pratiquait pas comme elle. Michèle dévorait les bouquins avec une foi proche de la sainteté, tandis que lui opérait scientifiquement. Elle se laissait enrober par le sens quand il disséquait. En littérature, il s'intéressait surtout aux structures, à la construction de l'histoire, à l'enchâssement des chapitres. Pour le reste, il n'aimait rien tant que tomber sur un mot qu'il ignorait, dont il notait la définition dans un carnet à spirale qui ne le quittait jamais, manie dont il ferait beaucoup plus tard le sujet d'un premier roman.

Michèle se foutait bien de tout ça.

Pour sa part, elle faisait corps avec la littérature, y vivant toute l'expérience d'une transe, d'une possession chamanique. Les romans la rendaient folle ; sa réalité s'y immergeait avec la foi d'un diable enfant. Elle ne se prenait pas pour telle ou telle héroïne, Lol V. Stein ou Madame Edwarda, même si elle le conduisait dans des contrées sexuelles à la véhémence digne de Georges Bataille, quand ils baisaient dans les pires endroits de la ville – des parkings, des chantiers, des latrines –, où l'acte d'amour devenait alors rêche ou spongieux. Elle n'avait pas non plus l'arrogance ou la démesure de se prendre pour l'écrivain qu'elle découvrait. Mais par un effet de transsubstantiation elle devenait elle-même le livre, se nourrissant aussi bien à son énergie qu'à sa douceur, se transfigurant à sa perversité autant qu'à sa poésie. Et quand il la retrouvait après les cours du lycée, d'abord dans un café, puis dans la cachette qu'ils s'étaient dénichée, à savoir le palier d'un immeuble chic qui avait la particularité de ne donner sur aucun étage puisqu'il était situé dans une cage d'escalier de secours que nul n'empruntait jamais (un espace de béton nu éclairé au néon où, très souvent, ils mangeaient, ils lisaient, ils faisaient leurs devoirs et où, finalement, un jour, ils avaient perdu leurs virginités en miroir), il ne pouvait deviner qu'au volume qui dépassait de la poche de son ciré bleu et qu'elle venait de chaparder avec dextérité dans une librairie ce qui animait alors Michèle.

Pourtant, il la trahirait bientôt. Il s'agirait d'un crime qu'il rembourserait des années au prix fort : celui, précisément, de l'ignorance de ce prix. Bien plus qu'un premier amour remarquable, fabuleux, de la couleur oblique d'un rêve, tel qu'il en espérait un désormais pour ses deux fils, Michèle lui avait offert ce qu'on appelle une destinée. Il avait été son esclave dans cette affaire ; il lui avait obéi. Et maintenant que les livres volaient jusque chez lui par paquets de dix, qu'il s'était réalisé comme on disait plutôt salement ; depuis qu'il causait de littérature à la radio ou à la télévision, c'était plus fort que lui, il espérait en secret que Michèle l'écoutât. Mais à la vérité, il la pensait aussi morte qu'une fiancée d'Edgar Poe.

Naturellement, certains prétendront qu'il la désirait ainsi parce que ça l'arrangeait, dans la mesure où il avait brutalement abandonné Michèle pour une autre plus sexy, *a foxy lady*, une fille plus bourgeoise, plus normale. Oui, tout était là, au fond. Et il n'y avait pas de quoi en être fier. Un jour, il avait cru malin de viser plus haut, de miser moins folle, tout en se libérant au passage d'une mainmise, d'une emprise. Mais il avait toujours conservé les romans que Michèle lui avait fait lire, cet amour en vrac de la littérature qu'elle lui avait fait découvrir en une forme de contre-don, de potlatch. Par la suite, il avait payé cher cette haute trahison, avec de ridicules épisodes maniacodépressifs qui le conduiraient sur le divan, voire d'inénarrables tentatives de suicide dans de vieilles provinces. Bien fait pour lui.

Ce n'était pas la première fois qu'il essayait d'écrire sur Michèle. Sujet : le regret éternel. Mais toujours ses tentatives en carafe, ces pages mal noircies car bousillées d'effroi avaient pris la même forme. Toutes partaient de la phrase d'Arthur Rimbaud : « Je m'habituai aux hallucinations simples. »

Il s'agissait alors de rendre compte de Michèle à la manière d'une Nadja, cette déesse de la prétérition ; ou d'une métaphore qui n'en aurait pas été une.

Du temps qu'il avait passé avec elle et qu'il n'avait jamais lâché, qu'il n'avait concédé à personne, qui agissait toujours en lui à la façon d'une vaccination sans rappel, il mesurait combien la littérature avait été dans sa perspective à lui un jeu de piste, quelque roman d'espionnage où lire revenait à décoder le message chiffré d'une lointaine ambassade sous tension. Alors que pour Michèle la lecture était demeurée cette hallucination simple, où elle voyait très franchement une mosquée à la place d'une usine, une école de tambours faite par des anges, des calèches sur les routes du ciel, et puis un appartement au fond d'un escalier de secours.

Allons plus loin. S'il ne pouvait plus croire Michèle en vie ; s'il ne la voyait qu'ensevelie ou noyée au fond d'un lac, c'est que cette vision téléologique de la littérature qui avait été la sienne n'existait plus aujourd'hui. Le critique qu'il était devenu était bien placé pour le savoir. De tous les romans neufs, étrangers ou français, qui s'entassaient en pyramides bancales dans son appartement, à cet endroit qu'il appelait le « couloir de la mort » ; de tous ces livres qu'il déballait et humait chaque matin avec, pensait-il, le plaisir répétitif mais intact d'un simple et honnête travailleur ; dont il inspectait les incipits en conscience, dont il ponctionnait au hasard une phrase, un paragraphe ; de tous ces prélèvements quotidiens dans la littérature mondiale qui lui parvenait – un bon échantillon statistique de la production générale –, il ressortait sinon morose, du moins dubitatif.

Lorsque Michèle et lui s'étaient aimés, Sartre, Beckett et Barthes respiraient encore. De même que Claude Simon, Robbe-Grillet, Sarraute, tout le Nouveau Roman en somme. La terre était meuble sur le tombeau de Nabokov. Et puis cette pauvre Marguerite n'avait pas encore reçu le prix Goncourt, faute d'avoir été admise première dame sous la Coupole. En somme, lorsque Michèle et lui s'aimaient, le xxᵉ siècle n'avait pas encore passé la main. Ça ne tarderait pas. À la fin des années 70 on le sentait déjà usé, fatigué, un pied dans la tombe. Il avait été un grand siècle que son successeur jugerait très mal. Papa ! Il avait été une séquence pour grandes personnes très occupées alors que son successeur, naïf en ses débuts, plutôt mauve si on devait lui attribuer une couleur, apeuré par son ombre purpurine de siècle cardinal, était hanté depuis ses premiers jours par l'idée de sa mort. Siècle peuplé d'enfants rois, séculiers ou non, et de pauvres pour les distraire, même de façon violente, que le xxiᵉ. Siècle de gladiateurs et de radiations, de couleuvres et de cous coupés.

Il fit un geste vers une pile chancelante pour attraper un roman contemporain. Ce faisant, il tomba sur un pastiche de roman policier avec une détective lesbienne phallique et son assistante du genre coincé à la recherche d'une enfant terroriste. Il imaginait mal que Michèle puisse lire ça aujourd'hui, ces histoires vaguement récupérées à la télé, rhabillées à la va-vite pour faire littérature avant de traîner chez le marchand de soupe du coin. Si jamais elle était toujours de ce monde, il la voyait plutôt avec un exemplaire des *Fruits d'or* de Nathalie Sarraute en Folio dépassant de la poche de son ciré bleu, ses seins en poire tailladés au rasoir, le cheveu rare et décousu, la bouche en bataille, hurlante et friable dans la cour d'un asile psychiatrique près de Menton, où résidaient ses parents. Mais non. Il préférait que Michèle soit morte. *Anywhere out of this world.*

2

Lorsque son fils se mit à parler, vers la mi-février, il était plongé dans *Underworld USA* de James Ellroy. Quoique cela fût par obligation professionnelle, juste après ce qu'on appelle la « petite » rentrée littéraire ou encore parfois la « rentrée littéraire des intellos », il y prenait un plaisir certain, renouant ainsi avec différentes périodes de sa vie où il avait dévoré de façon compulsive des romans policiers, le plus souvent des « Série Noire » qu'il chinait dans les dépôts-vente, avec une passion certaine pour Jean-Patrick Manchette, Francis Ryck, Eric Ambler, Ross Thomas, Marc Behm et Donald Westlake.

« Le polar c'est bien, ça rince le cerveau », expliquait Sartre. Mais aujourd'hui, le roman policier était devenu une véritable chienlit. Il en recevait dix par semaine, de plus en plus obèses, qu'il revendait immédiatement sur internet ou qu'il refourguait à sa belle-mère. Le polar, c'était le genre mondialisé par excellence, le roman noir africain n'avait pas percé mais le blanc de blanc scandinave cartonnait en ce moment. Il venait d'ailleurs de finir un polar islandais, mal traduit avec des subsides européens, claustrophobe jusqu'à l'insupportable, où il pleuvait tout le temps, avec une fille torturée par un artiste contem porain. Débile très moyen. Tant qu'à faire il attendrait le premier polar palestinien à succès, le monde étant si bien mal fichu avec, au gramme près, sa dose de bonheur et de malheur, ainsi que le promettait le musicien John Cage.

Les Américains avaient perdu la main sur le genre. La production locale se développait de la Catalogne à l'Estonie, du pays de Galles à la Sicile. Toujours les mêmes histoires : Mafia, politiques et flics ripoux, détournement de subventions de l'Union européenne, trafic immobilier, réseau de prostitution, de main-d'œuvre, avec juste des idiosyncrasies, des recettes de cuisine locales, ainsi que des notes du traducteur en bas de page pour des réalités intraduisibles, conjurant plus ou moins bien l'uniformité du continent. Littérature cathartique : la description d'un cancer généralisé pour mieux vous faire accepter la chimio d'une politique sécuritaire à la Poutine, du genre « Nous irons buter les terroristes jusqu'au fond des chiottes », avec quelques lois liberticides incluses dans l'addition. Alors, avec ses histoires de Mafia, politiques et flic ripoux, détournement de crédits de la CIA, trafic immobilier en République dominicaine, James Ellroy faisait facilement figure de demi-dieu dans le secteur. Question de style, de jus et de joie purs.

Il avait bien cru que la naissance du bébé allait tout modifier. Pour l'instant, il n'en était rien. Il demeurait toujours cet obsédé textuel, malheureux de ne plus écrire, ingurgitant la bouillabaisse de la production contemporaine, plongé désormais dans *Underworld USA*, un enchantement pour une fois ; mais à moitié gâché, il faut bien le dire, par l'obligation de lire vite, d'autres romans attendant son appel, cherchant son regard, dans le couloir de la mort.

La vérité, c'est qu'il se sentait largué et qu'il en oouf frait.

L'extraordinaire bébé – sacrée bonne pioche – n'y changeait rien, lui enfonçant au contraire, par sa vitalité naissante, la tête dans le sac, dans le mouron, dans la déprime. (Bosser un ti peu.) Mais comment allait-il pouvoir élever dignement cet enfant alors qu'il n'était plus qu'un petit critique littéraire qui n'écrivait plus dans aucun journal, sinon un fanzine communiste, zut, toujours le mot qui fâche, disons alors postcapitaliste, et qu'il parlait de moins en moins à la radio et à la télé ? Oh, il pouvait se consoler puisque certains l'admiraient toujours (de plus en plus, à dire vrai, pour des choses anciennes dont il ne gardait plus aucun souvenir, ayant tout effacé du disque mou qu'était devenue sa mémoire). Le fait est qu'il brûlait ses derniers vaisseaux. Et, à cette vitesse-là, il ne lui resterait plus que la chaloupe de sauvetage avec quelques rations de survie : après avoir fait un enfant cela n'avait aucun sens, cette déconstruction de soi, ce suicide entre les lignes. N'allait-il pas résister ? Non, pour l'instant, vaille que vaille, il continuait de bouquiner dans les grandes largeurs.

Il plongeait toujours sous les couvertures, il s'entortillait sans cesse dans le molletonné des phrases

Rarement il lisait assis, parfois à son bureau

Il préférait s'allonger tard dans la nuit sur la méridienne vert bouteille du salon, l'après-midi dans le canapé marron clair de son bureau, et le matin dans son lit blanc

Le lu du lit
Soleil pâle tapant sur le paragraphe
Bébé mimétique de lui-même arrachant les pages
D'un vieux magazine pour faire comme papa
Maman matant série TV sur l'ordi
Soit le nu du nid

Il était toujours considérablement frappé par ce que cette activité-là dégageait d'inactif, d'antisocial, de souffreteux. Il songeait alors à l'importance du sanatorium pour la littérature du xxᵉ siècle, de Thomas Mann à Roland Barthes, à cette phrase de Sollers : « Le sanatorium a été le monastère laïque de Barthes », une idée qu'il venait de retrouver dans *Un homme de passage*, le dernier roman de Serge Doubrovsky qui avait été ; lui aussi ; un jeune tubard.

La lecture : moins un vice impuni, suivant la vieille formule, qu'un vice aujourd'hui passible de mort lente.

Il tournait les pages, et se tournait les pouces à en crever

Délire de lire pour se délier
Livres reliés, sans doute – mais à quoi ?
Et puis : lire, c'était aussi écrire en vain, signer petit à petit sa disparition au monde,
Lisant gisant.

Quelle drogue, en attendant !

Jamais il n'avait succombé à une si forte addiction : pire que le tabac, le sexe, l'alcool. Il sifflait les livres les uns après les autres, alternant gins forts et bibine, mais le plus souvent les mélangeant, en habitué qu'il était des cocktails littéraires, ingurgitant deux ou trois livres en même temps, polar et philo, roman et socio, la biographie d'un facho et un essai sur les impôts, des textes de Pinguet sur le Japon et un pamphlet du collectif Pièces et main-d'œuvre sur la musique techno, une nouvelle traduction de William Blake et, en souffrant, le premier roman du comédien François Fini.

Puisant jour après jour dans le couloir de la mort, piochant au pifomètre dans la pile branlante des livres qui hurlaient pis que pendre leur nouveauté criarde, leur génie intrinsèque, leur radicalité la vache, putain du jamais-vu, leur internationalisme ultraconquérant, leur dépossession repossession de la langue, leur humour à mourir de rire jusque dans un dispensaire de banlieue, ainsi que le promettaient gaiement les quatrièmes de couverture, cependant qu'autour de lui la nuit critique s'approfondissait.

Il prit son petit matériel, sa boîte à outils, et se mit à disséquer un paragraphe d'Ellroy dans son coin. À savoir : l'électricité dans le retour chariot de la machine, la gestion du blanc dans la page, le ton pseudobiblique volé aux prêcheurs télévisuels. Et puis les différentes fonctions de l'italique : *graphique*, coup de schlague au lecteur assoupi, voix intérieure, insistance, prédication.

La description dissoute en notation, la sténographie des sentiments. L'élégie était ailleurs : dans l'Histoire à laquelle Ellroy vouait un culte d'annaliste. Pas dans le récit ; Ellroy ne cherchait pas à captiver son lecteur, mais à l'ensorceler. « Vous me lirez avec une certaine réticence et vous finirez par capituler », écrivait-il. C'était un de ces romanciers méchants. Son lecteur était toujours un lâche à ses yeux, un couard, une vache sans témérité qui voulait sans cesse s'échapper de son livre. De son écriture rodéo, il lui bourrait alors le crâne, l'estomaquait, le kidnappait, le ligotait, voire le pénétrait. Il s'agissait de lui dire *la vérité*.

Cela aurait été insupportable si le livre n'était tombé à pic, comme tous les bons livres. Ceux dont on a besoin, là, sur le moment, sans pour autant vouloir les jouer placés, au plus près du cochonnet de la postérité. Alors qu'il dévorait *Underworld USA*, un tremblement de terre de forte amplitude venait de dévaster l'île d'Haïti. Vilain sale coup de projecteur sur la région, TV en boucles enrubannées de pubs pour des banques, des assurances vie, des loisirs, envoyés spéciaux, images pouvant choquer la sensibilité de jeunes téléspectateurs. Commentaires infinis. Mais rien qui lui en apprenne plus que le roman d'Ellroy sur le sujet :

La République dominicaine bordait Haïti à l'est. La rivière Massacre marquait la frontière entre les deux pays. Des îlots parsemaient les côtes des deux pays. Des noms de villes à faire peur, tous frenchies ou espingos [...]. Ne pas oublier : la République dominicaine n'était pas loin de

Cuba. Ne pas oublier : la Mafia aimerait bien installer ses casinos en RD.

C'était la thèse d'Ellroy : dans les années 60, après avoir élevé ou plutôt levé Las Vegas, la Babylone des croupiers, accroupie au milieu du désert comme une femme faisant ses besoins et furieuse d'avoir perdu Cuba, avec ses métisses callipyges aux petites lèvres desquelles on humectait le cigare qui avait été roulé sur les cuisses de leurs cousines, la Mafia qui se cherchait un autre terrain de jeu, un nouveau bordel off shore, avait pointé son doigt bagué poilu sur la République dominicaine. Elle l'avait obtenue, bien sûr, avec l'aide des politiciens et de la CIA. Cette dernière avait éliminé les dictateurs locaux dès qu'ils chiaient par trop dans la colle : Rafael Trujillo en 1961, et plus tard Juan Bosch, son successeur, avec l'aide d'un contingent de Marines. Après le tremblement de terre en Haïti, la République dominicaine avait immédiatement fermé ses frontières par crainte de l'afflux de réfugiés, n'accueillant que quelques blessés. Elle n'avait même pas été fichue d'approvisionner les Haïtiens en eau potable, laissant ce soin aux Américains et aux humanitaires européens. Bizarrement, cela n'avait choqué personne. Et, un an plus tard, quand parurent les premiers témoignages d'écrivains haïtiens sur la catastrophe, pareil : *pas un mot* sur l'insensibilité dominicaine.

Praticien plutôt que théoricien du complot, James Ellroy jouait quand même sur du velours : avec ses airs de matamore, de chef d'orchestre pour cordes et bazookas, il ne faisait que raconter l'histoire *déclassifiée* en romançant ses bas-reliefs. « On est aussi en droit d'exiger de la couille fraîche », nota-t-il à un moment dans une marge du livre. C'est qu'il venait de lire parallèlement à *Underworld USA* un article sur Pamir, la machine à tremblement de terre, l'arme sismique que possédaient, entre autres, les Américains. Pour le coup, le sol se dérobait sous ses pieds. Il l'ignorait, mais officiellement, à la fin de la guerre du Vietnam, les États-Unis et l'Union soviétique avaient renoncé aux guerres environnementales (tremblements de terre, tsunamis, bouleversement de l'équilibre écologique d'une région, changement des conditions atmosphériques – nuages, précipitations, cyclones et tornades –, modifications de climat, des courants océaniques, de l'état de la couche d'ozone ou de l'ionosphère) en signant en 1976, un an tout juste avant qu'il embrasse Michèle avec la langue, la « Convention sur l'interdiction d'utiliser des techniques de modification de l'environnement à des fins militaires ou hostiles ».

Le tremblement de terre en Haïti avait été entouré de coïncidences étranges. Les GI étaient intervenus en moins de vingt-quatre heures, pour la bonne raison qu'ils étaient déjà positionnés dans le cadre d'un entraînement militaire. Sous le commandement du général PK Keen, ils participaient comme de juste à la simulation d'une opération humanitaire en Haïti, suite à un hypothétique ouragan... Keen et son équipe étaient arrivés quelques jours auparavant. Au moment précis du tremblement de terre, ils se trouvaient tous à l'abri, à l'ambassade américaine, construite selon les normes antisismiques, à l'exception de deux hommes qui n'avaient pas résisté aux lois de l'attraction et se tapaient des putes à l'hôtel Montana. Par chance, ils ne furent que blessés. Il songea que le bébé aurait cinquante ans lorsqu'un nouvel Ellroy raconterait tout cela en un polar fort attrayant, avec des retours chariot électriques qui n'existeraient plus, mais qu'on simulerait avec un quelconque logiciel reconstituant l'ancien temps, et qui se *vendrait*. Le roman était désormais un miroir que l'on promenait le long des autoroutes de l'information. Il n'était plus réservé, comme du temps de Stendhal, aux « happy few », mais aux trop nombreux malheureux de notre temps.

3

Mars n'était pas le mois préféré du critique, loin de là. Il lui trouvait encore de ces airs obtus de résistance au printemps, de collabo de l'hiver, avec de gros nuages et des vents froids nerveux. Mais s'il n'aimait pas mars, c'était aussi à cause du Salon du livre. Décrire la porte de Versailles où se tenait l'événement, s'objurguer un poil ici-bas. En fait, revenir sans cesse à sa vieille obsession : la description. Son rêve à lui : peindre un paysage culturel.

Alors il décida cette année de s'y rendre en scooter.

Il habitait rue Blanche, si noire des fumées des gros bus touristiques qui descendaient de Pigalle vers Opéra, les Galeries Lafayette. En sortant de chez lui, il ne put manquer d'avoir une pensée pour Pierre-André Boutang, qui venait juste de disparaître. Ils se croisaient autrefois au Ballu, le bar-tabac où ils achetaient leurs clopes. Ils échangeaient toujours quelques mots sur la littérature, la télévision. Un soir, son épouse Martine Boutang l'avait invité à dîner, et ils avaient mangé tous les trois au milieu de milliers de livres un simple couscous acheté au restaurant d'en face. Pour lui, Pierre-André Boutang demeurait un géant foudroyé, c'est-à-dire quelqu'un qu'il aurait eu du mal à considérer autrement qu'avec des yeux d'enfant. Celui qui, en compagnie de Michèle, avait vu au studio de la rue des Ursulines à Tours, du fond de sa province crayeuse, *Touche pas à la femme blanche !* de Marco Ferreri, un simili western tourné dans le trou des Halles où Pierre-André jouait aux côtés de Marcello Mastroianni, Catherine Deneuve, Michel Piccoli, Serge Reggiani… Mais l'homme de télévision qu'était Pierre-André aimait lui aussi enregistrer les mondes avant qu'ils ne s'engloutissent. C'était un filmeur de paroles, très excité ce soir-là, car il venait d'interviewer Dario Fo, futur prix Nobel de littérature. Dans la mesure où le critique savait tout juste qui était Fo à cette époque, il aurait nettement préféré que la conversation tournât autour de Gilles Deleuze, mais le nez dans sa semoule il n'osait aborder le sujet. Deleuze, autre évocation d'heures studieuses passées devant le poste de télévision, sa véritable école alternative. Tous les samedis en fin d'après-midi, sur la Sept, l'ancêtre d'Arte, la chaîne franco-allemande, on diffusait *L'Abécédaire* : voix sexy et grave de Claire Parnet, organe d'étudiante émérite interviewant le Maître tout en le tutoyant, et dont le visage apparaissait fugitivement, en tant que pur fantasme, dans le miroir situé derrière le philosophe, leurs deux fumées de cigarette entremêlées, cependant que la voix de Pierre-André émettait : « Fin de cassette » ou bien lançait de façon impavide des claps départ. Incroyable dispositif rompant le cours, le discursif, imposant du rhapsodique dans la parole, de la reprise et des trous, ce que l'enfant spectateur vivait mal à l'époque, trouvant assez incroyable qu'on n'eût pas songé à prendre des cassettes de plus longue durée pour interviewer un philosophe de cette ampleur. L'intelligence de Deleuze le faisait parfois pleurer seul devant son poste de télé, d'une part parce qu'elle lui semblait donnée, offerte avec une générosité qu'il n'avait encore jamais rencontrée sous une forme aussi patiente, sans doctrine apparente, aussi loin d'une affirmation que d'une information. D'autre part, parce qu'il avait le sentiment tremblé que cette intelligence trouvait sa source et puisait son énergie dans une souffrance de vie terrible. Drôle d'idée que l'enfant avait là, puisque tout dans l'attitude cool du philosophe, depuis la longueur de ses cheveux, sa mise et la sympathie sifflante de sa voix jusqu'au calme mouvement de ses mains aux célèbres ongles longs la démentait formellement. Pourtant il n'en démordait pas : Deleuze devait être malheureux. Et lorsque le philosophe se défenestra, cette pensée revint en lui pour balayer sa tristesse.

Il partit détacher son scooter garé rue Chaptal, passa devant le boucher où il tombait parfois sur Emmanuel qui venait acheter des steaks pour ses deux garçons, la bouchère lui donnant du « Monsieur Carrère » long comme le bras.

Un jour qu'il déjeunait au bar du coin, celui qui n'était pas encore l'auteur de *D'autres vies que la mienne* lui avait présenté l'un de ses écrivains préférés : Jérôme Beaujour, dont il avait adoré *Les Gens*, un roman évoquant Duras dans une langue alors moderne et que tout le monde avait depuis essayé d'imiter, et jamais réussi à imiter. Ils s'étaient juste serré la main, une simple formalité, sa timidité l'ayant empêché de dire à Beaujour qu'il connaissait des passages entiers de son livre, que *Les Gens* avaient fait l'objet d'une de ses toutes premières critiques littéraires, un soir, à la radio, dans une émission consacrée au rock.

Quand il était arrivé dans le quartier, il croisait aussi souvent vers seize heures, rue Chaptal, un long monsieur fatigué avec des lunettes noires, peut-être aveugle, qui marchait accoudé à une petite dame peinturlurée, des lunettes fantaisie sur le nez, et toujours habillée de façon criarde, presque clownesque. C'était la critique littéraire Françoise Xenakis et son fameux mari Iannis, mais bientôt il ne vit plus jamais que Françoise, sans jamais oser l'aborder.

Le scooter était froid, il le démarra au kick.

Il descendit vite la rue Blanche, visant au passage sur le trottoir Laurent Chalumeau avec son perfecto et son caddie d'où dépassait une botte de poireaux, s'en revenant du marché Lepic, avec une nouvelle idée de polar en tête. Chalumeau, c'était la génération de critiques juste avant la sienne, celle qui avait eu la chance de grandir et de commencer à travailler dans un pays qui ne comptait que trois, quatre radios périphériques et deux chaînes et demie de télévision.

Ils avaient vécu l'âge d'or du métier, quand on pouvait devenir copain avec Bruce Springsteen rien qu'en l'interviewant, se débrouiller pour que Selby vende plus de livres en France qu'aux États-Unis, avoir Iggy Pop qui squatte à la maison après un concert et pour les plus fous se fixer avec Johnny Thunders ; ils avaient imposé le gonzo journalisme *à la française,* avec le Pléiade de Baudelaire qui dépassait de la poche du 501 À cette époque, le critique était un demi-dieu que les artistes respectaient ou suspendaient dans le vide du premier étage de la tour Eiffel, comme les Stranglers, racontait-on dans les chaumières, l'avaient fait avec Philippe Manœuvre. Mais quand, avec quelques amis, il était arrivé dans le métier c'était déjà la fin de la soirée, la plupart des anciens avaient déserté, et il ne restait plus que des cadavres de bouteilles et des mégots écrasés dans le gâteau profané, ainsi qu'un pauvre ivrogne écroulé dans un coin. Le DJ était déjà parti avec ses disques. Dans l'atmosphère assombrie, un unique couple dansait un slow bancal sur de la musique planante, au demeurant plutôt grecque qu'allemande. Et elle était diffusée à très faible volume, les voisins ayant fini par se plaindre du bruit. Alors, en se partageant un fond de vodka tiède arrachée aux mains elles aussi tièdes du Booz endormi, ses amis et lui comprirent qu'ils étaient venus pour éteindre les lumières, ce qui leur prit tout de même près de vingt ans.

Il stoppa à l'angle de la rue Pigalle devant l'école primaire de la rue Blanche où Serge Gainsbourg avait appris à lire et à écrire, pour laisser traverser une grappe infinie d'enfants.

Ce qui lui laissa largement le temps d'observer cette grille verte juste à côté du Leader Price, qu'il avait poussée quinze ans auparavant pour venir interviewer Éric Kahane. Ce dernier était, en un sens, de l'anglais au français, le traducteur de *Lolita* et du *Festin nu* pour le compte de son oncle, le fameux Maurice Girodias, mais aussi le traducteur dans l'autre sens, du français à l'anglais, de *Zazie dans le métro*. Encore une histoire d'oncle. Kahane lui déclara avoir abandonné depuis longtemps la traduction littéraire, pas assez rentable à ses yeux, pour le sous-titrage de films, ceux de Losey, de Kubrick, d'Altman, et il le reçut d'ailleurs ce jour-là dans une minuscule et merveilleuse salle de projection de cinéma qu'il s'était aménagée au fond de son jardin pour travailler. À l'époque, Éric s'amusait à traduire pour Arte la série télévisée des Monty Python, en tentant d'adapter leur dadaïsme shakespearien à notre langue cartésienne, concédant dans un éclat de rire qu'il était bien obligé parfois de traduire n'importe comment, vu que les Monty Python disaient souvent n'importe quoi. Avec Marc Behm et John Berger, il faisait partie du trio de tête, jusqu'à présent intouché, des écrivains qu'il avait rencontrés et qui l'avaient le plus bouleversé. Était-ce un hasard ? Tous les trois étaient des transnationaux, des Français d'adoption et des bilingues.

L'Américain Marc Behm avait libéré Paris en août 44 et n'en était plus jamais reparti. Après avoir remis la moitié de son Booker Prize, l'équivalent de notre prix Goncourt, aux Black Panthers, geste qui restera notoirement incompris, l'Anglais John Berger avait quitté la

Grande-Bretagne sur un « *fuck off* » pour s'installer dans un village de Savoie sur lequel il écrirait une trilogie agraire. Si le critique ignorait à peu près tout de la biographie du Français Éric Kahane, il savait en revanche que celui-ci n'avait jamais publié de livres ; pourtant, il était tout autant écrivain que les deux autres. En se saisissant de l'heureuse formule d'Emmanuel Hocquard, formule étant à prendre au sens rimbaldien, profondément chimique, il affirma par écrit qu'Éric Kahane n'avait en effet pas traduit : des traductions, il avait écrit. Et quelques semaines plus tard il serait remercié de son petit article dans *Libération* de cette façon délicate : alors que les Monty Python étaient poursuivis par un de leurs amis transformé en monstre, ce personnage portait le nom du critique dans la version française sous-titrée diffusée par la chaîne franco-allemande. Il n'avait pas raté l'épisode, il l'avait bien vu. Mais sur le moment, face à sa p'tite télé, il avait cru être victime d'une hallucination passagère. Dès le lendemain, heureusement, d'autres téléspectateurs lui confirmèrent avoir bien vu/lu la même information : le temps d'un plan, il avait bel et bien pourchassé John Cleese, Terry Gilliam et les autres Monty Python.

Aujourd'hui, Marc Behm et Éric Kahane étaient morts, seul John Berger continuait de publier régulièrement de grands romans bizarres et beaux.

Eh bien, qu'il continue longtemps.

Passé un dernier Choco BN agité par une petite main recouverte d'un gant en laine avec sur le dessus des motifs de fées clochettes rouges, le scooter vrombit jusqu'à ce qu'un feu, rouge lui aussi – là, ça sent la répétition (d'autant que ce n'était quand même pas dur, du strict point de vue de l'écrivain, de modifier la couleur des fées clochettes sur les gants des enfants, si bien qu'on pense à une inadvertance) –, l'arrête à nouveau place de la Trinité.

Devant l'église, les chutes d'eau tombaient mollement.

Putain, comme elles semblaient fatiguées de couler, et comme le liquide du bassin où flottaient des feuilles et des bouts de papier paraissait verdâtre, épais et glauque. Il regarda l'heure sur son iPhone. Bien qu'il lui faille traverser Paris au moment des pires embouteillages, il calcula qu'il avait largement le temps pour arriver à une heure décente à l'inauguration du Salon. Il dévala donc à un rythme soutenu certes, mais pas à toute vitesse, la rue de la Chaussée-d'Antin, klaxonnant au passage une pétasse à la dérive qui téléphonait depuis sa Smart. Conduire était chez lui une chose sacrée. Il ne fumait point, n'écoutait pas de musique et téléphonait encore moins quand il roulait, il se défiait même de ses pensées, s'interdisant par exemple de se souvenir qu'à l'angle dangereux de la rue de la Victoire où l'on pouvait parfois être sujet à un violent refus de priorité à droite il y avait, quand il travaillait dans le quartier presque vingt ans auparavant, des putes qui tapinaient près du magasin de chaussures Eram et qui avaient aujourd'hui totalement disparu. Devant le cul de l'Opéra, il tourna à droite sur les Grands Boulevards, puis longea les Galeries Lafayette où un samedi après-midi de novembre 1977 François Bon s'était acheté pour trois cent quarante francs une machine à écrire Olympia rouge vif, minuscule mais personnelle, geste par lequel l'ingénieur qu'il était encore passait la main à l'écrivain, avant d'obliquer vers la Madeleine. Il adorait cette rue connue des seuls chauffeurs de taxi ou presque, qui allait de l'Olympia à Fauchon, un petit îlot de pornographie au cœur de Paris avec ses sex-shops et ses bars à putes où le traînait autrefois, avec ses airs composés de marlou, l'éditeur Max Ferret qui possédait des bureaux juste à côté, rue de l'Arcade. Paris était belle à cette heure du soir. Et quand il passa à plein régime la place Jeanne-d'Arc, il fut surpris comme toujours par la quantité de ciel qu'on découvrait soudain au-dessus des Tuileries. Plus on s'approchait de la Concorde, plus la circulation devenait dense et confuse ; mais le style acrobatique et dansant qui était le sien sur son scooter lui permettait de swinguer entre les caisses immobiles, avec la même jouissance qu'un môme plongé dans une immense partie de Tetris en 3D. Dès qu'il roulait à proximité de l'obélisque, il éprouvait le magnétisme et la densité incroyable de la place de la Concorde, tellement supérieure à celle de la rue de Rivoli ou encore de la rue Royale, une force qui faisait que piétons, cyclistes, motards ou voitures se sentaient tout de suite écrasés par la pesanteur du lieu. À cet endroit-là, le bitume paraissait disposer d'une puissance d'aimantation supérieure à toute autre dans

Paris, une évidence qu'il continuait d'éprouver chaque fois qu'il y roulait : sans doute parce qu'on y avait tué un souverain, qu'ici du sang royal s'était coagulé. Il ne voyait pas trop d'autre explication rationnelle valable de nos jours. Sans qu'il sache tout à fait pourquoi, même s'il avait sa petite idée sur la question, il imaginait toujours un immense rassemblement populaire sur cette place, la plus grande de France, occupée deux fois l'an seulement par les officiels du 14 Juillet et par l'arrivée du Tour de France une ou deux semaines plus tard. Jusqu'à présent, les manifestations auxquelles il avait participé partaient toujours de la République, de la Bastille ou de la Nation, une fois de la place Saint-Michel, lieu auquel il reconnaissait également une certaine force d'attraction issue de Mai 68, mais plus dispersée toutefois et beaucoup moins forte que la Concorde, énergiquement parlant. Il ne pouvait s'empêcher de penser que c'est ici que tout le monde se retrouverait un jour avec l'idée que tout était à recommencer. Il sourit en apercevant dans son rétroviseur l'hôtel de Crillon tandis qu'il traversait la place le plus vite possible, les aortes de la rue Royale et de Rivoli activant tour à tour la circulation, tandis que les Champs-Élysées et l'artère des quais de Seine charriaient d'autres véhicules. Autrefois, du vivant de son mari, il allait prendre le thé avec Catherine Robbe-Grillet dans le jardin d'hiver du Crillon. Il aimait ses allures de femme bonsaï, surmontée d'un petit chignon français qui se déconstruisait en anglaises le long de ses oreilles, toujours habillée en tailleur, avec des chaussures à moitié inélégantes de passante, de fonceuse, quel âge pouvait-elle avoir, aucune importance, c'était toujours une femme attirante, aux yeux d'un gris clair d'ardoise sophistiquée, attrapant toujours son regard à lui, marron, perdu dans les lointains typiques des myopes extrêmes ou au contraire figé dans des détails microscopiques, pour lui servir avec le thé le miel ancien de quelque histoire distrayante. Un soir, Catherine l'avait emmené en club. Elle avait fait semblant de l'acheter à une vente aux esclaves, avant de l'obliger à lécher Beverley, sa ravissante soumise, tout en le fouettant. Puis elle avait conclu les yeux dans les yeux en lui crachant un long glaviot dans la bouche, ce qu'elle appréciait tout particulièrement. Lui, cela lui avait moins plu que prévu car, en sadomasochisme, devrait-il constater au bout de quelques expériences marquantes, il était plus croyant que pratiquant. Mais c'est au Crillon que Catherine lui avait raconté l'histoire de Robert de Bourbon-Parme, un critique littéraire si bien doublé d'un masochiste que cela pouvait presque passer chez lui pour un pléonasme. Un collègue pur et dur n'ayant jamais lui-même commis de livre, ouvrant ceux des autres avec la dextérité appointée d'un écailler, installé à jamais au ténébreux rez-de-chaussée d'un quotidien national où, Landru bien campé dans sa propre martyrologie, il assassinait à tour de bras, avec son très banal talent, les auteurs du Nouveau Roman. Or un jour, lui raconta Catherine, une médecine contrite avait averti Robert de Bourbon-Parme qu'il n'avait plus que six mois à vivre. Il ne souhaitait pas mourir stupidement à l'hôpital. Il demanda donc à sa dominatrice habituelle si elle acceptait de le sacrifier au cours d'une cérémonie sadomasochiste où elle le pénétrerait à l'aide d'un énorme godemiché jusqu'à ce que mort s'ensuive. En somme, c'était normal : un masochisme bien conçu ne peut se conclure que dans et par la mort, et ce n'est pas un drame. Dans le scénario de Robert de Bourbon-Parme, tout sauf grossier, il y avait sans doute la recherche finale d'une féminité, objet latent de son masochisme, qui aurait débouché sur une mort en couches *inversée*. Mais la personne qui le dominait d'ordinaire avait refusé d'être l'actrice de cette cérémonie suicidaire. Alors, avec beaucoup de courage et une indécence renforcée par ce goût qu'on imagine assez âcre en bouche de la fin, il s'était résolu à quémander le secours et les sévices de Catherine Robbe-Grillet. N'était-elle pas après tout la grande prêtresse de messes noires à catafalques pointus où le Tout-Paris se pressait et pour lesquelles il prêtait sur gage ses plus jeunes filles ? L'idée avait plu à Catherine, bien sûr. Elle en gloussait encore : enculer à mort celui qui avait écrit tant de méchancetés sans charme sur son mari, quelle ravissante perspective, quelle revanche ourlée, perlée... Elle en avait taquiné l'idée avec sérieux, assurait-elle ; elle avait même dû torturer un temps Bourbon-Parme en lui réservant sa réponse, avant de décliner l'offre. Il la revoyait encore lui dire dans le petit jardin d'hiver du Crillon, ses yeux gris pétillant de joie et de vie intacte : « Je n'aurais pas su quoi faire du cadavre. »

Devant l'Assemblée nationale, il hésita

En prenant les quais sur sa droite, il rejoindrait au plus vite la porte de Versailles, où le Salon du livre devait déjà battre son plein

Même le ministre allait être arrivé

Mais il appréciait surtout les voies sur berge de la rive droite, celles où la Seine offrait son meilleur profil, avec l'esplanade du palais de Tokyo, les petites ambassades de pays lointains aux drapeaux chamarrés, le tunnel de l'Alma où Lady Di s'était dématérialisée, son âme s'effilochant tout du long des glissières de sécurité (sale quartier pour l'aristocratie que celui où elle avait toujours voulu élire domicile, quand on y pense), les péniches et le métro du Marlon Brando du *Dernier Tango*... En revanche, celles de la rive gauche lui filaient un méchant bourdon. Il détestait l'esplanade des Invalides, Air France et la bouche de métro côte à côte dans un coin sombre, l'École militaire au fond avec ses canons ronds, flanquée d'immeubles grands et laids, qu'on imaginait désertés de toute vie intéressante. Il n'aimait pas non plus passer au pied de la tour Eiffel. N'étant pas fétichiste des pieds, il préférait la voir depuis l'autre rive dans son altérité altière. Il adorait qu'elle enfile dans la nuit son manteau de strass à heure fixe, transformée d'un coup de baguette électronique en sablier géant, arbre de Noël alternatif, cadeau scintillant du vieux monde métallique au tout nouveau, numérique et bourré de composants électroniques. Eh bien tant pis ! Il allait quand même s'offrir le luxe d'un détour en passant par le boulevard Saint-Germain, pourtant engorgé à cette heure. Et, tel un énergumène, il prit le couloir de bus à contre-sens pour dépasser le flot stagnant des bagnoles, en établissant une liste d'écrivains motards : Céline, Perros, Jacques Henric,

Denis Roche, John Berger, TE Lawrence... Quand il l'avait rencontré, John Berger venait de passer à plus de soixante ans son permis moto ; il possédait une Honda 1100, à l'époque la seule Japonaise dotée du système de freins ABS ; dans les latrines au fond du jardin, dans la montagne superbement étoilée, le critique se souvenait d'avoir vu une pub pour les motos Guzzi qui disait : *Si vous n'entendez pas beaucoup parler de nos motos, c'est que leurs propriétaires n'ont pas le temps d'en parler, ils foncent.* De la même manière, si on n'entendait pas beaucoup parler de ses livres, pensa-t-il amèrement sous son casque dont il avait relevé la visière afin de happer un peu de vent frais humidifié, quelques gouttes de pluie venant de se faire sentir sur le boulevard Saint-Germain, c'est que lui aussi fonçait. Par des appels de phares, un bus le sermonna, mais il n'en avait rien à foutre puisque, au fil dévidé de sa navigation rapide, téméraire et calculée, l'embouchure du boulevard Raspail se présentait déjà : il s'y jeta avec fureur, manquant renverser au passage une fille à vélo blonde pas mal, aux seins qu'on voyait bien détachés par la lanière d'un sac en bandoulière et qu'il pensa alors reconnaître : n'était-ce pas l'attachée de presse des éditions du Sémaphore, dont il aurait retenu la silhouette et pas le nom ?

En la doublant, il nota qu'elle lui faisait un doigt, sa paire de lunettes de soleil Gucci de traviole

Mais qu'est-ce qu'elle foutait là aussi

N'aurait-elle pas dû se trouver à cette heure au Salon du livre en train de bosser un ti peu plutôt que de pédaler à tort et à travers, son beau visage (qui s'était quelque peu durci avec le temps, constata-t-il dans son rétroviseur) rouge et tout en sueur

Le ministre était arrivé, avec ses anges gardiens en armes ; quelque conseiller avait repéré le parcours et faisait fonction de sherpa

Un léger agacement dura pendant la ligne droite hachurée de feux rouges jusqu'à Sèvres-Babylone baignée d'une couleur orangée de peintre pop, le soleil se couchant juste dans l'axe de la rue de Sèvres avec ses magasins chic. Paris, se dit-il, était décidément bien fichue avec un peu partout ces places en étoile qui redistribuaient la lumière, quartier par quartier, rue après rue. Pour lui qui venait de province, elle avait longtemps été une trop grande ville plus angoissante que rassurante, mais depuis qu'il commençait à la dominer, qu'il avait en sa possession une connaissance intuitive de ses changements d'humeur au gré des arrondissements, depuis que ses sombres recoins le terrorisaient moins qu'ils ne le passionnaient, qu'il les inspectait non en explorateur mais en propriétaire toujours étonné de l'étendue, pleine de parcelles incongrues, de caves et de greniers, du domaine dont il avait hérité, il avait pris la ville en main et la parcourait maintenant incognito avec de simili grands airs de duc cagoulé.

Sur sa haridelle, ce « ventre d'essence » comme disait Perros, le plus court chemin aurait été, encore une fois, de basculer vers le 15e et sa relative tristesse, mais il préféra s'enfoncer vers le 14e, la Gaîté-Montparnasse, le fantôme de Hemingway plutôt que celui de Houellebecq. Juste après avoir quitté Michèle, il s'était mis à lire avec assiduité de la littérature contemporaine et, dans ce contexte, deux livres l'avaient fortement impressionné : *Louve basse* de Denis Roche et, plus tard, *Femmes* de Philippe Sollers. Deux auteurs du groupe Tel Quel qu'il avait découverts en lisant *Art Press*, un peu pour faire comme son ami François qui se destinait aux Arts Déco, mais aussi parce que ce mensuel consacré à l'art parlait, sans qu'il s'agisse pour autant de portion congrue, de cinéma (ils interviewaient Godard), de littérature (ils interviewaient Robbe-Grillet) et de... Tel Quel (ils interviewaient Sollers).

Tel Quel : on aurait dit le nom d'un groupe de rock électronique comme ceux qu'il écoutait durant son adolescence, genre Depeche Mode. À cette époque-là, il n'y avait que par les mouvements littéraires qu'il arrivait à trouver la littérature aussi jouissive que la musique. Il n'était pas alors encore capable de se projeter dans un devenir solitaire. Il n'arrivait pas à s'imaginer des hémorroïdes au cul à force de rester assis sur sa chaise à rechercher l'intonation, la musique progressive des subordonnées qui s'enchâssent, la bonne overdose d'adverbes, le *drumming* de la caisse claire des virgules, l'arrivée d'un mot rare dans le tohu-bohu, semblable au son innocent d'une flûte traversière dans une conspiration de guitares électriques, aussi bien que de la pommade pour son trouduc. Plus tard, ce jugement plutôt rock s'affinerait, notamment en écoutant religieusement Glenn Gould dont on ne dira jamais assez le bien et le mal qu'il avait fait aux écrivains avec son Bach haché menuet, combien il en avait fasciné de grands et corrompu de petits, mais pour l'instant il n'en était pas là. Prendre la liberté assez formelle d'un WG Sebald en s'arrêtant boire un coup au Select ? Non, plus tard... À ce moment-là de sa vie, il ne veut pas devenir écrivain, il a trop peur de se retrouver seul. Bien sûr, la solitude il connaît déjà, il l'a éprouvée et même apprivoisée depuis l'enfance ; mais pour l'adolescent qui rêve encore à sa vie future, écrivain c'est pire que la solitude, c'est être berger sans troupeau, le comble de l'isolement.

Les auteurs du Nouveau Roman (1959). De g. à d. : Alain Robbe-Grillet, Claude Simon, Claude Mauriac, Jérôme Lindon, Robert Pinget, Samuel Beckett, Nathalie Sarraute, Claude Ollier. Photo : Mario Dondero (Éditions de Minuit).

Alors par conjuration les groupes d'écrivains comme des agrégats de fierté mal placée, comme un syndicat de gardiens de phare, ou bien encore un petit pack de journalistes immobiles, fabriquant ensemble une revue trimestrielle où les comités de rédaction jonchés de miettes de pain et de peaux de saucisson se termineraient tard dans la nuit avant que chacun, exténué de conversations, se raccompagne lui-même en marchant aux aurores dans Paris, jusqu'à sa vie pauvre et silencieuse de gratte-papier. Il avait beau savoir que la photo des écrivains du *Nouveau Roman* de 1959 était arrangée, circonstancielle, pour devenir non pas un cas de mouvement littéraire mais pire encore d'école, elle lui parlait comme seuls parlent les fantasmes ou les photos de cul. Robert Pinget allume une cigarette. D'un point de vue vestimentaire il semble avoir quinze ans d'avance sur tout le monde. Beckett le regarde comme s'il savait déjà que dans les années 80 Robert Pinget inventerait le personnage de Monsieur Songe, habillé de pied en cap avec le genre littéraire, tout à fait particulier, qui lui siérait. Pinget, on voyait encore de nos jours un ou deux écrivains lui courir après mais c'était tout, pensat-il en doublant boulevard Raspail une Clio bardée du sigle auto-école, juste devant le très bel immeuble Art déco où habitaient l'avocat de la littérature, Maître Emmanuel Pierrat, ainsi que la dernière épousée de Guy Debord. Samuel Beckett avait séché tout le monde et c'était lui le plus grand. Ça comptait tout de même un peu, la taille, à ce niveau-là. Cette photo, il l'avait vue pour la première fois dans les dernières pages de son *Lagarde & Michard* (« La littérature, c'est ce qu'on apprend à l'école », disait à juste titre Roland Barthes) et il l'avait contemplée pendant des heures. Il n'était pas fétichiste des pieds, on l'a dit, encore moins poète, mais il adorait regarder ceux de Nathalie Sarraute qui disaient tout le contraire de son visage. Jérôme Lindon cherche quelqu'un du regard. Claude Ollier offre une vague ressemblance avec Jean Echenoz ; Alain Robbe-Grillet est le seul à regarder l'objectif lorsque Claude Simon serait en train de lui dire quelque chose ? Cela reste au stade de l'hypothèse. Claude Mauriac a l'air hésitant de celui qui voudrait commencer à prédire comment David Byrne dansera vingt ans plus tard sur *Psycho Killer*, et il est assez marrant ce rétroviseur au premier plan qu'on n'a donc pas encore songé à gommer à l'aide de Photoshop, tout comme la cigarette de Pinget. Il faisait rituellement le tour de l'image, considérant pareil à un astrophysicien un brin lunaire les champs de force autour des personnages. Et ces champs étaient nuls, neutres ou presque, c'était cela le plus assourdissant. Aucune véritable énergie ne circulait entre eux, ils étaient tous *séparés* comme aurait dit Debord : Beckett, Sarraute, Claude Ollier, Alain Robbe-Grillet, séparés par beaucoup plus que la littérature, par la vie même dont ils étaient les bassons métaphysiques ou mélancoliques, les clarinettes amusées ou tristes. Si aucune interaction ne se faisait sentir en les regardant, en revanche une incroyable énergie atomique de groupe, un panache radioactif de leurs individualités indissolublement mêlées, se dégageait avec une certaine lenteur de la photo. Ensemble et séparés, solitaires mais solidaires, ils allaient faire péter le truc, c'était ultraclair. Ce qu'on voyait très nettement chez eux, avant l'heure, c'est la manière dont ensuite tous les orchestres, tous les groupes de rock allaient se présenter à nous : ensemble *de façon séparée*. Leur air déterminé sur le cliché... Ils concevaient ce qu'ils fabriquaient : à savoir une France littéraire contaminée par des terroristes verbaux, certains diront même verbeux, que plus personne dans ce pays pourtant étouffé ne supporterait, qui seraient voués aux gémonies pour leur cérébralité même, cet illisible qui n'était pas admissible dans la langue pâte et pure de Descartes et de Pascal. *Les Fruits d'or*.

En 1959, en posant ainsi au bord du caniveau où flottent par ailleurs des débris de romans publiés ou non, mais pas là, aux Éditions de Minuit, rue Bernard-Palissy, où le caniveau reste propre, inondé d'un seul petit filet de maigre bave urbaine, les écrivains du Nouveau Roman préfigurent sur le trottoir la révolte du Français qui se déclare encore et toujours novateur, alors qu'on ne lui offre déjà plus que le droit d'être esclave de la société des loisirs adolescents que déverse le fleuve Amérique. Il y a, chez ces écrivains tous différents de l'enseigne clignotante du Nouveau Roman, réunis vaille que vaille sous cette bannière d'épicerie éditoriale – Minuit issue de la Résistance, petit négoce miséreux janséniste –, une volonté révolutionnaire dont ils n'ont encore, à cette heure, que l'aplomb du désir. Mais leurs visages sont déterminés. Eh oh. Ils ont Samuel Beckett, transfuge qui a connu James Joyce pour capitaine : leur aplomb devient comminatoire. Ils sont hermétiques comme des arbres et des fleurs, des pierres et des leurres. Il y aura deux prix Nobel de littérature parmi eux ; il aurait pu y en avoir plus.

Alors qu'il décidait de s'arrêter un instant au Select, essentiellement pour faire pipi, dans les allées du Salon le ministre évitait non sans habileté Max Ferret en faisant semblant de poser une question à l'oreille de son conseiller, pour ensuite se diriger d'un bon pas vers le stand des éditions du Sémaphore qui étincelait de mille feux. Il voulait saluer son P-DG qui, dans une récente tribune au *Figaro*, venait de se ranger sagement au côté d'Antoine Gallimard au sujet du livre numérique. Pas question de laisser Google s'emparer de la BNF, tout le monde était bien d'accord. Simple question de bon sens… Et s'il fallait plaider cette préférence nationale au niveau européen, eh bien, qu'à cela ne tienne, on le ferait ! Et croyez-moi, on finirait bien par convaincre nos partenaires… Même si leur patrimoine littéraire était moins conséquent que le nôtre, dit le ministre sans sourire le moins du monde, eux non plus n'étaient pas à l'abri du Golem, et la sagesse finirait par l'emporter. Quant aux auteurs, bien sûr, ils exagéraient. Pas tous pour notre repos, dit-il, mais certains pensaient avoir tous les droits ! Savez-vous ce que l'un d'entre eux, dont il tairait le nom par charité, lui avait encore dit la semaine dernière : « Je voudrais vivre de mes droits d'auteur. » Non mais quel toupet ! Ils oubliaient avec une telle aisance, une si incroyable superficialité le rôle de l'éditeur. Ils omettaient par exemple de dire que, sans Jérôme Lindon, pas de Beckett, pas de Pinget, et nul Chevillard !

Est-ce que Beckett ou Chevillard ont jamais eu besoin d'argent

Pas à ma connaissance, Monsieur le ministre

Mais le ministre était déjà parti taper la bise à une jolie attachée de presse, des lunettes Gucci en serre-tête, qui s'était occupée de son dernier texte où il racontait sans fard un séjour touristique en République dominicaine. Elle lui expliqua qu'elle venait juste de manquer se faire renverser à vélo par un critique littéraire. Jolie silhouette, pensa le ministre qui n'imaginait pas que ce critique-là, avec son air niais, son visage difficile, son mental épais, puisse jamais circuler en scooter. Le visage de son ancienne attachée de presse s'était peut-être durci avec le temps, mais un ancien et presque pur sentiment de douceur le nimbait toujours. Le dessin des lèvres demeurait parfait. Durant la promotion de son ouvrage, ils avaient partagé de nombreux moments d'intimité à l'arrière de sa voiture de fonction, dans des loges de télévision, dans des petits salons discrets où, à maintes reprises, l'avait traversé en un éclair le désir de la pénétrer avec une sorte de sauvagerie dont il n'était pas coutumier. Tandis qu'elle lui demandait si, à son avis, lui qui le connaissait personnellement, *Bertrand Delanoë se préoccupait sérieusement de la condition des vélos dans Paris*, le ministre essayait de retrouver son nom.

Au Select, il recommanda un verre de chablis au serveur qui, d'avoir lu Sartre, savait qu'un garçon de café se prend pour un garçon de café, et qui, du coup, se prenait pour un garçon de café se prenant pour un garçon de café, et qu'il avait surnommé *per se* « Second degré ». La nuit tombait. Tout le monde rentrait chez soi. Il acheta *Le Monde* à la criée. Il y avait aussi des écrivains qui se prenaient pour des écrivains, et même des écrivains qui se prenaient pour des écrivains se prenant pour des écrivains, mais c'était plus rare. Il chercha des noms, constitua mentalement une liste pour passer le temps. Mais il l'effaça brusquement d'un coup de poignet invisible quand elle entra dans le café. Cela faisait au moins deux ans qu'il ne l'avait pas vue. Elle était avec quelqu'un. Un mec qu'il ne connaissait pas. Elle portait son vieux caban bleu de jeune fille. Ses cheveux étaient aussi longs. En cherchant des yeux une table libre, elle tomba naturellement sur lui, leurs regards se croisèrent avant qu'elle ne pivote avec une vivacité désenchantée, attrape le mec par le bras et le pousse vers la sortie. Lui resta désemparé un long instant, prit *Le Monde* pour se donner une contenance, lut les gros titres sans les comprendre. Au bout d'un moment il jeta son dévolu sur le supplément consacré au Salon. En s'y reprenant à trois fois, il finit par lire en entier l'article intitulé « Le livre, un produit qui résiste à la crise », un léger tremblement agitant ses mains. Malgré une augmentation constante du nombre de parutions depuis dix années, le secteur ne paraissait pas en surproduction, un Français lisant en moyenne 1,2 livre par an, ce qui le plaçait au septième rang européen, derrière le Portugais et juste avant le Chypriote. La bande dessinée et les dictionnaires étaient les secteurs qui se portaient le mieux. Il n'était donc pas guéri. La dernière fois qu'il l'avait vue, ce devait être au prix Lilas, il en tremblait encore, son cœur battait la breloque. Elle aussi, comme Michèle, il l'avait quittée pour une autre. En revanche, ça n'existait pas les salauds qui se prenaient pour des salauds. Il n'y avait que du premier degré dans la saloperie, il n'y avait que de braves salauds. Il revoyait encore au microscope le duvet brun de ses avant-bras, la carnation caramel de ses mamelons. Une vraie brune, de même que Michèle. Une fille du soleil. Mais elle ne voulait plus d'enfant, ainsi se justifiait-il. Le bébé, ne serait-ce que le bébé. Est-ce que les hommes n'ont pas le droit de vouloir des enfants autant que des femmes, à l'instar d'elles ? Il alla faire pipi.

Près de l'escalier, un homme aux faux airs d'André Breton écrivait. Il songea aux prostituées qui racolaient en tricotant dans les vitrines d'Amsterdam. Il se demanda comment le type faisait. Pour lui, écrire était une activité sale. Il fallait fermer la porte derrière soi pour s'y adonner, il se tirait la nouille quand il écrivait, il poussait en ahanant, il se torchait le cul avec des lambeaux de phrases et n'aurait tout simplement pas supporté qu'on le regardât faire. Tout ce qu'écrivait ce type devait sentir la violette, pensa-t-il. Et il pissa avec des hoquets de rire où ses couilles heurtaient la faïence de l'urinoir, en imaginant une prose néoclassique parfumée, amidonnée, tirée à quatre épingles, propre comme une cuisine de démonstration.

Il paya ses chablis à « Second degré », lui laissa *Le Monde* en guise de pourboire puis sortit gaiement. Le vin lui avait fait du bien, elle lui avait fait du mal, et le scooter pétarada derechef. Il fila alors plein sud en direction de Denfert-Rochereau à la suite d'une ambulance sirène hurlante qu'il colla au train afin de brûler les feux rouges dans son sillage, comme s'il était un parent de la victime. Il l'était un peu. Comparaison n'est pas raison, mais quand même... Il faisait doux, la pluie ne menaçait plus ; pas plus qu'avec Michèle il ne regrettait de l'avoir quittée, il avait des remords peut-être, mais pas de regrets. Et c'était toujours la vieille question qui le lancinait, qui le taraudait, qu'est-ce qui valait mieux : avoir des remords ? des regrets ? Tout cela le faisait encore souffrir, pareil à une vieille entorse qu'un faux mouvement, une maladroite acrobatie pouvaient raviver sur l'instant... Il ne s'en foutait pas. Le long de l'avenue du Général-Leclerc, il fit la course avec un livreur de sushis en Ciao débridé et la remporta assez facilement. Le 14e avait des airs hypocrites de ville de province, la première fois qu'il avait séjourné à Paris c'était ici, carrefour d'Alésia, les soirées au Zeyer, il avait dix-neuf ans, avec Beatrix, avant de s'en retourner bouches cousues dans le bel appartement situé dans l'impasse juste à côté. Une autre brune. Il n'était pas fétichiste des pieds, mais les siens, il les avait adorés ; il les avait massés, embrassés, sucés, utilisés.

Le ministre adorait le mot Golem : c'était la porte ouverte à toutes les fenêtres. Aussi l'avait-il mâchonné la soirée entière comme un bonbon acidulé.

Porte d'Orléans, il tourna à droite sur le boulevard Brune où avait habité Christophe Claro avec sa première femme Florence, tout en se méfiant des rails du tramway, toujours super-dangereux pour les roues des scooters.

Le ministre dit : « Le Président suit en personne le dossier du Golem numérique, à croire qu'il en est le *dibbouk* même. Son épouse étant musicienne, il entend s'inspirer de ce qu'il a fait pour aider les musiciens afin de sauver maintenant les éditeurs. Exactement pareil, même procédure... D'ailleurs, je crois qu'elle est en train d'écrire un roman mais je ne vous ai rien dit, *of course*... »

« Rue de Valois », ajouta-t-il soudain à l'adresse de son chauffeur. Car, travail accompli, il avait maintenant très envie d'écouter de l'opéra en ses appartements, tout en dégustant un excellent cigare.

Depuis que la fourrière ramassait même les scooters, il faisait attention. Il chercha un endroit sûr où garer le sien à proximité du parc des Expositions, puis il marcha d'un bon pas dans la nuit, bienheureux d'avoir déjoué sa procrastination : on ne remettait pas au lendemain le jour d'une inauguration, pas à son niveau en tout cas.

Il commença à se blinder à plus de cinquante mètres du bâtiment, car il n'avait pas que des amis dans la partie, loin de là, alors il força son visage à porter, comment dire, plus qu'un masque, une cagoule d'impassibilité, et il flouta le plus possible son regard, tout en rangeant par prudence ses poings dans ses poches. Il longeait le mur quand quelques silhouettes s'approchèrent, protégées par l'obscurité. Elles le dépassèrent. Il pressa le pas en regardant droit devant lui, mais il saisit des bribes de leur conversation assez animée : « langage privilégié », « très neuf », « parfaits signes rythmiques », « tension », « envol », « dimension intemporelle », « poème ». Sans doute un groupe de libraires ou de bibliothécaires parlant d'un livre qu'il n'aurait point lu dans la jungle épaisse, qui le remplissait de panique, des livres non lus... Il eut alors une pensée pour « *son* » couloir de la mort. C'était l'année du Brésil, cette année. On avait littéralement abattu une partie de la forêt amazonienne pour en publier une autre. Surtout des romans, des gros, le Sud-Américain ne sachant pas faire court, d'où le succès que rencontrait chez nous la métaphysique de carte postale d'un Borges. Il ne connaissait rien à la littérature brésilienne à part la poésie concrétiste, d'ailleurs il ne connaissait rien à rien. Son incompétence ne cessait jamais de l'effrayer, elle était synonyme d'imposture, il avait peur qu'on la remarque, qu'on la lise, qu'on l'entende. Il était paralysé de trouille, d'aphasie jusqu'au moment d'agir, de parler ou d'écrire, mais l'angoisse en elle-même ne disparaissait jamais. Mentir, comprenait-il en réapprenant la vie au côté de son bébé, ne serait jamais un jeu. Et cette année, c'est Sébastien Lapaque, le critique littéraire du *Figaro*, qui allait tirer les marrons du feu, rafler la mise et l'attention. Ce bienheureux passait la moitié de sa vie à Rio, soi-disant sur les traces brésiliennes de Bernanos, et l'autre moitié dans les terroirs français sur les traces du vin bio. Il t'en foutrait, du Bernanos… Il admirait Sébastien, par ailleurs bon catholique, bon critique, œnologue OK, père de six enfants, élevé chez les curés où il avait beaucoup appris, plus qu'à l'école publique mais il était aussi faut-il le préciser un sacrément bon élément. C'est le Bon Dieu qui l'aura gâté Sébastien. Plus il s'approchait des portes, plus la foule devenait compacte, surtout à contresens, ça ne devait pas être la chaude ambiance cette année au Salon, les gens partent tôt pensa-t-il en cherchant son invitation – le gag s'il l'avait oubliée.

Oui.

4

Quelques jours plus tard, début avril, il alla sur le site Pôle Emploi pour « actualiser sa situation » : pas mal pour un situationniste ; Jean-Paul Sartre et Guy Debord auraient très certainement apprécié.
Les factures s'amoncelaient sur son bureau
Elles lui servaient de marque-page
Il roulait des pétards avec
Il continuait d'être aimé mais
Il déclara avoir travaillé cinquante heures dans le mois, avoir gagné mille euros et être toujours à la recherche d'un emploi. Puis il se rendit sur un forum sadomasochiste pour se laver de toutes ces impuretés sociales, l'imprimeur de Versailles lui ayant laissé un message incroyablement pervers

En réalité, la mort de Guy Debord avait marqué la fin de sa jeunesse, et le début de sa fréquentation assidue des sites pornographiques et des divans psychanalytiques. L'anal bien compris de toute analyse. Il envisageait des rapports complexes entre tout ça : Grosjean, la cure, le cul. Il se souvenait de cette expression des années 80, inventée par on ne sait qui : « Parle à mon cul, ma tête est malade.» Sur Internet, il se rendit compte que, comme lui, plein de gens cherchaient l'origine de cette phrase, et pour certains sa signification même.

Alors il parlait de Debord à Bob, son psy, qu'il voyait depuis six ou huit ans, il ne comptait plus, à raison d'une fois par semaine.

— J'ai perdu le goût du travail à cause de Guy Debord, lui disait-il. En tout cas c'est après l'avoir lu que je me suis mis à bosser un ti peu moins. Ce type était dangereux, savez-vous. Il était antiphilosophe et il pervertissait la jeunesse avec des slogans archidémoniaques. On aurait dû en interdire la lecture comme pour Sade. La société a quand même le droit de se protéger.

Naturellement, il disait n'importe quoi à son psy. Ce qu'il éprouvait sur le divan étant justement la possibilité de s'exprimer comme une troisième personne et de coudre le roman d'un presque frère ou d'une presque sœur avec des fils de couleurs choisies, bien à lui. Atelier analytique, faites un patchwork de vous-même et, pleine Pénélope, défaites-le en le tissant. Pschitt.

Tant qu'il n'était que sartrien, ça allait, il suivait à peu près le mouvement. Sartre était une grosse machine, un monument à l'ombre duquel vous pouviez timidement vous inventer une vie. Il avait pleuré quand Michèle lui avait offert le *Libé* du jour de sa mort, avec la photo en Lituanie où Sartre luttait contre le vent dans son petit imperméable. Qu'elle était belle cette photo, un homme qui vaut tous les hommes et que tous les hommes valent.

La Nausée, ça a donc été le choc initial, demanderait Bob

Oui. La glu. L'amour de la glu
Bon titre, murmurerait le thérapeute dans son dos

Sa toute première fois, c'était à quatorze ans. Un été, il s'en souviendrait toujours. Il avait trouvé l'édition de poche dans la bibliothèque de ses parents, avec sa couverture assez laide, un homme et un arbre mal peints dans les tons marronnasse, illustration du fameux passage des racines ; mais bien vu de la part du dessinateur. Car si *Madame Bovary* était de l'aveu même de Flaubert un roman sur le jaune, le jeune Sartre avait clairement été inspiré par la gamme des bruns qui allait devenir tendance. En revanche, la typographie de fantaisie faisait plutôt songer à un polar : *Les Aventures extraordinaires d'Antoine Roquentin*. Beaucoup plus tard, quand il travaillerait sur *La Nausée*, ingérant toutes les notes scientifiques et variantes de l'édition Pléiade, il apprendrait que Sartre se faisait un reproche étonnant, considérant qu'il n'avait pas été assez dépressif lorsqu'il avait écrit ce livre qui se serait intitulé *Melancholia* sans la fameuse intervention de Gaston Gallimard.

Il faisait très, très chaud cet été-là. 1976 ? Il était à poil sur son lit, s'ennuyant de cette vie d'adolescent encore vierge, quand le corps et l'esprit valsent dans des atermoiements informes, des sensations amollies.

Il lut la première page, ce feuillet sans date par lequel commence le Journal métaphysique de ce chercheur en histoire qui travaillait à une hypothétique thèse sur une figure locale ; et tout de suite il trouva cela grandiose. Admirable d'emblée, ce début de journal par un feuillet sans date. Véritable coup de billard à trois bandes. Il aurait été à l'époque bien incapable de décrire ces bandes, mais il avait repéré, tout ignorant qu'il fût du jeu, qu'il s'agissait d'un coup formidable. Venant d'un historien, cette absence de datation était étonnante. C'était en l'occurrence une manière de préface où toutes les cartes maîtresses du roman étaient déjà distribuées. Feuillet sans date admettait d'emblée le regard d'un autre, et disait donc principalement : fiction. Mais aussi : édition. Bref, le feuillet était sans date parce que Sartre l'avait voulu tel, et saisir ça à quatorze ans ce n'était pas si mal, même si ce fut à peu près tout ce qu'il comprit du livre à sa première lecture. Que c'était de la littérature.

On dit toujours que *La Nausée* est un roman philosophique, mais c'est faux : il s'agit au contraire du premier roman d'un jeune agrégé de philosophie qui veut s'imposer comme romancier moderne. En louchant, l'écrivain Sartre avait combattu toute sa vie le philosophe Sartre, et l'avait vaincu bien souvent. En témoigne *L'Idiot de la famille*, livre devenu introuvable (pour obtenir le tome 1 il avait fait des pieds et des mains, finissant par le trouver dans la bibliothèque de son beau-père qui le lui donna en échange du dernier Pynchon). *L'Idiot de la famille* trônait maintenant, semblable à quelque talisman pansu, sur son bureau. Le plus grand livre de Sartre, celui dont personne ne parle, et dont la rédaction sur trois ans, bourré de cette mescaline qui le rendrait aveugle, lui avait fait rater Mai 68, les manifestants trouvant porte close. Le secrétaire leur disait : « Impossible, il est en train d'écrire son Flaubert. » Bosser un ti peu.

En ce temps-là, il était encore beaucoup trop démocrate pour imaginer qu'un simple livre puisse changer une vie. Il n'aurait pas accepté semblable pouvoir. Sartre le disait lui-même : *La Nausée* ne pouvait rien contre un enfant qui meurt de faim. Le problème, c'est que la majorité des livres que le critique lisait aujourd'hui n'auraient rien pu non plus contre un enfant souffrant simplement des oreillons. Alors, peut-être parce qu'il ne mourrait pas de faim, peut-être parce qu'il mangeait à peu près à satiété, *La Nausée* avait eu sur lui un pouvoir qu'il ne reconnaîtrait que plus tard. Mais ce n'était pas le fond du problème. À quatorze ans, sa première lecture du roman de Sartre l'avait modifié ; il y avait découvert des notions qui ne cesseraient plus de grandir et de s'imposer en lui. Par exemple, la construction de situations. Dans le roman, c'était le pouvoir de la seule Anny, la lointaine petite amie de Roquentin qui, lui, se laissait aller à la contingence, c'est-à-dire à la dépression. Anny lui rappelait Michèle, qu'il rencontrerait deux ans plus tard : c'était un cas d'anticipation autobiographique, une image miroir dont il irait chercher la source, quitte à la construire, en imposant à Michèle d'être Anny plus volontiers qu'elle n'aurait désiré l'être, même si elle ne manquait pas de prédispositions pour le rôle. Main dans la main, ils fabriquèrent quantité de situations, à commencer par cette « maison » dans un escalier où ils firent l'amour la première fois, s'amusant comme des petits fous à concevoir de l'inoubliable, ce qui lui laisserait la conviction durable que la vie, c'était de l'ennui à se cogner la tête, contre des murs parsemés çà et là d'épiphanies à se faire exploser le cœur. Quatorze ans, c'était l'âge où il avait commencé à se demander comment faisaient les autres pour vivre, où il avait mesuré le temps et calculé qu'il aurait trente-sept ans en l'an 2000. Et puis voilà, on était déjà dix ans plus tard.

Et Debord ? demanderait Bob sans relâche, intrigué par ce nom qu'il connaissait un peu plus que de nom

Ah ! Guy Debord, cela avait été longtemps après
Vers la trentaine
Dans un moment de béance absolue
Noire rose et déveine
Très fin de siècle, en vérité
À manigances qu'on désirerait révolues

Il avait complètement raté la seconde partie du programme sartrien : l'existentialisme, l'engagement ; il avait lu tout ça, mais cela n'était plus jamais bien tombé dans sa vie. *La Nausée* était un roman de jeune homme rédigé dans le remugle incertain des années 30, pétri d'anarchisme, moquant l'humanisme, il pouvait s'identifier ; mais après la guerre, après l'expérience du stalag et la rédaction de *L'Être et le Néant* avec ses microromans philosophiques – le garçon de café, comment arrêter de fumer, l'ami Pierre qui n'est jamais là –, Sartre s'était redéployé dans une philosophie de la liberté qui ne lui avait plus autant parlé. Pour lui, c'était à côté de la plaque, un truc de grand-père qui venait de découvrir Faulkner et Dos Passos, presque une méthode Coué, aussi anachronique à ses yeux que cette définition du jazz donnée par le philosophe qui louchait sur la littérature : « Le jazz c'est comme les bananes, à consommer sur place. » Ainsi qu'il en avait eu l'intuition, la philosophie de la liberté était aussi à consommer très vite, sa date de péremption correspondant peu ou prou avec la fin de cette France américano-communiste des années 50, celle des temps dits modernes, du complot surréaliste vieillissant, de Pablo Picasso et du général de Gaulle. Après, cela deviendrait obsolète. Et pour lui qui était moins demandeur dans les années 80 d'une philosophie de la liberté que de celle d'un emprisonnement réussi, qui rêvait tant qu'à faire d'une cellule dorée avec la TV, quelques périodiques et les livres de la bibliothèque, si possible annotés avant lui par quelque serial killer d'envergure, les *Mythologies* de Barthes lui en disaient soudain plus long, dans leur détachement dandy, que n'importe quelle situation de Sartre. Ces articles représentaient à ses yeux la description d'une société naissante du spectacle, pas encore dotée du verrou télé certes, mais déjà de la publicité, des magazines, du poujadisme et de Françoise Sagan. Il y avait aussi dans l'écriture de Barthes un lustre ironique de clerc obscur qui le chauffait bien, semblable à la résolution d'une équation par une pirouette : tout faisait signe et rien ne faisait sens. Exit Sartre.

Alors Sartre a fait papa et Debord a fait maman, dirait le psy qui ne perdait pas de vue qu'on digressait un peu beaucoup, là.

Il prendrait un kleenex juste dans la boîte à côté, reniflerait un bon coup.

Non, pas du tout. Ce qu'il pouvait être con des fois, ce psy. Heureusement qu'il le payait pour pouvoir le conchier *in petto* et régler ainsi son Œdipe en espèces sonnantes et insultantes.

C'est juste qu'il avait quitté Sartre pour Grosjean, un maître pour un autre, comme il avait quitté Michèle pour une autre. Voilà. C'était sa petite histoire à lui.

Il avait toujours trahi.

Sans abuser des coïncidences, ce qui n'est jamais bon dans un roman, il se trouvait qu'il travaillait pour *Libé*, le quotidien fondé par Sartre, lorsqu'il était tombé sur Guy Debord, et qu'une tout autre histoire allait commencer pour lui. Le compagnon de Simone de Beauvoir était mort depuis dix ans déjà, mais son surmoi marmoréen planait toujours sur le quotidien. Avant qu'il ne rende sa copie, son chef de service lui mettait sans cesse la pression : « N'oublie pas que tu écris dans le journal de Sartre. »

Il vénérait ce supérieur qu'il lisait depuis l'adolescence en tant que frère érudit. Cet homme d'ailleurs sans âge l'intimidait beaucoup. Bayon, puisque c'est de lui qu'il s'agit, lui avait enseigné une branche déjà bien déclinante du journalisme : la critique.

Une spécialité très française, puisque la plupart de nos grands écrivains et de nos poètes, de Sainte-Beuve à Théophile Gautier, de Baudelaire à Mallarmé, s'y étaient adonnés. Contrairement à ce qui s'enseignait et continue de s'enseigner dans les écoles de journalisme, Bayon lui avait appris à fermer l'angle de ses papiers, à oublier le pseudo-lecteur lambda pour se concentrer sur l'unique lecteur fan, en transformant l'écriture dite journalistique en idiolecte, seul moyen d'imposer une signature en ori-flamme. Autant de recettes qui avaient fait le succès du journal avant que *Libé* ne se résigne, par la force des choses et de l'âge sans doute, à devenir un quotidien valant tous les autres et que tous les autres valaient.

Frappé d'hypermnésie, ce qui pouvait lui faire réciter des pages entières de Jean Lorrain ou des chansons plus ou moins longuettes de Gérard Manset ; obsessionnel, maniaco-dépressif, bipolaire, migraineux et ascétique, Bruno Bayon écrivait de magnifiques articles-fleuves sur le rock qu'il peaufinait des jours durant avant de les envoyer au desk d'un geste rageur et dépité.

Articles légendaires et marmottants, creusant tunnels et passages entre cultures haute et basse, écrivains de la Pléiade et séries B, Kafka et le kung-fu, Léo Ferré et Alexandre Dumas, The Cure et *Monsieur Smith au Sénat*, dans un tohu-bohu farfelu de généalogies artistiques, à la fois spécieuses et spécifiques, filandreuses et fantas-tiques. Sous ses ordres un peu SM, il était entendu que tous vos articles seraient relus et, selon son expression à peu près délicate, « repeignés » par lui. Le critique avait au demeurant beaucoup appris de ces corrections à sa prose, qu'il découvrait directement imprimées dans le journal, qu'il s'agisse de ponctuation dont il avait alors mesuré le défi dans un monde où le point-virgule était en voie de disparition, ou d'un adjectif flou que Bayon précisait par un autre, la double adjectivation étant l'une des caractéristiques de son style. (En même temps, un autre grand critique du même quotidien, un autre maître, Serge Daney, lui apprendrait qu'accumuler des adjectifs n'était pas faire œuvre de critique.) Dans le journal de Sartre, on lui avait ainsi appris que le journalisme est une œuvre collective. Et c'est à ce moment-là de son existence, alors qu'il était plongé dans le média, qu'il allait faire la connaissance de Pierre Grosjean. Qu'il eût été prêt pour cette rencontre n'est pas évident du tout ; si l'on en juge par la manière dont elle allait chambouler sa vie, on est même en droit d'en douter.

Au début de la décennie 1990, politiquement parlant, il affectait une posture désengagée, désillusionnée, revenue de tout sans appel, au diapason de cette musique grunge qui florissait et dont il fut l'un des premiers à parler. Musique de stade du mouroir, désabusée, palindrome électrique de fait assez bancal, diplomatie brisée net avec la vie, mais aussi avec l'hédonisme, la clarté et toute la beauté – ce qu'il identifierait dans ses chroniques comme un dernier état du monde. En langage critique, on appelait ça : une modernité.

Le fait est qu'il était totalement synchrone avec cette génération déchiquetée par le shrapnel du consumérisme et du libéralisme. Après avoir passé un été de folie à écouter, pour ainsi dire sur épreuves, en *advance tape*, le *Smells Like Teen Spirit* de Nirvana, il peaufinerait début septembre les formules de l'article qu'il écrirait en octobre sur ce disque. Il n'aurait alors jamais cru qu'il enterrerait dans *Libé* Kurt Cobain six mois avant Pierre Grosjean.

Il se sentait très seul à cette époque avec tous ses livres et ses disques, le journal qui le happait beaucoup et les autres piges tous azimuts, pour des mensuels de BD, des magazines de midinettes, de malingres organes de presse professionnelle et, d'ores et déjà, le plaisir mal maîtrisé de la radio. Tout ce qui tombait alors du ciel de son existence était orageux, plombé, neutre ou simplement vide. Il vivait avec une jeune étudiante qu'il adorait, qu'il divinisait. Mais cela lui était bien égal à elle : sans le dire, elle aurait préféré un mari à un zélateur. C'était ce genre d'erreurs qu'il réitérerait dans une jeunesse qui lui semblerait bientôt sans fin, et complètement dissociée de son aspect physique.

To make a long story short, un jour, Antoine de Gaudemar, le chef du service Livres de *Libé*, qui l'avait superbement ignoré toutes ces années alors que son rêve, au fond, était peut-être d'écrire sur les livres, lui avait présenté la réédition chez Gallimard du livre culte de Debord, *La Société du spectacle*, en lui disant : « On ne sait plus quoi raconter, nous, sur Debord. On a besoin d'un regard neuf dans ces vieux trous. » Dans sa très grande naïveté, car il ne connaissait le situationniste que de nom, ne l'ayant alors pas plus lu que Lichtenberg, il ignorait aussi que l'ex-femme de Debord travaillait pour le journal, qui plus est au service Livres ; et que nul, dans l'équipe pourtant chevronnée, ne se serait risqué à attiser son courroux en écrivant sur son ancien mari. Il découvrirait ainsi que tout n'était pas rose dans le monde du journalisme, que certains prenaient même cette activité très au sérieux. S'il ne jurerait pas être tombé dans un piège à l'époque, il en était tout de même passé près, puisque sans beaucoup réfléchir, avec une humilité presque neuve, il accepta. Ensuite, il plongea avec effroi dans sa première lecture du livre : brrr, qu'elle était froide ! Nom de Dieu de nom de Dieu, mais allait-il seulement comprendre ? Et quoi donc ?

Bien, je crois qu'on va s'arrêter là pour aujourd'hui, lâcherait Bob le psy en étouffant un léger bâillement.

5

Les séances de trois heures étaient la grande spécialité de Bob. Si elles lui valaient sa clientèle sur un marché très concurrentiel, elles l'épuisaient aussi beaucoup.

Était-ce une si bonne idée que ces trois heures ?

Certes, Bob avait défendu la Très Longue Séance (TLS) dans un article pour *La Cause freudienne* mais... Il savait par d'autres que Jacques-Alain Miller lui en avait voulu. Si ce qu'on appelait chez Lacan la « scansion arbitraire » fonctionnait sur une polarité « moins » (des séances de dix minutes au lieu des cinquante-cinq freudiennes réglementaires, ce qui valut à Lacan d'être viré de l'International Psychoanalytical Association et de fonder logiquement, à l'issue d'un schisme vécu à l'époque comme primordial, sa propre « École »), rien ne devait empêcher qu'elle fonctionnât également, à la même mesure et démesure, sur une polarité « plus ».

Bob lisait beaucoup, se passionnant surtout pour la ponctuation ; il estimait qu'il restait pas mal à faire dans ce domaine. L'une de ses grandes joies récentes était d'avoir acheté à l'aéroport de New York le nouveau pavé de Tom Wolfe et d'avoir découvert dans l'avion, qui demeurait pour lui l'un des meilleurs cabinets de lecture au monde, que le romancier américain avait inventé un nouveau signe de ponctuation – un bloc de six fois deux points – pour délimiter, dans le corps du texte, ce qui était de l'ordre du monologue intérieur chez ses personnages :::::: Merde, alors ! Une idée de génie que Wolfe avait encore eue là ! :::::: Bob avait beaucoup insisté dans son article pour *La Cause freudienne* sur le concept de ponctuation chez Lacan, en le citant largement :

Ainsi c'est une ponctuation heureuse qui donne son sens au discours du sujet. C'est pourquoi la suspension de la séance dont la technique actuelle fait une halte purement chronométrique et comme telle indifférente à la trame du discours, y joue le rôle d'une scansion qui a toute la valeur d'une intervention pour précipiter les moments concluants.

La ponctuation, c'était pour Lacan le « moment où la signification se constitue comme produit fini ». Ainsi revenait-il à l'analyste comme à l'écrivain de produire une heureuse ponctuation ayant pour fonction de briser le discours, afin d'accoucher de la parole : donc d'une parole longue, sinueuse, digressive, aussi bien que d'une parole courte, agressive, à la mitraillette p'tite semaine ; mais Miller l'avait cependant très mal pris. Il avait fait dire à un ami psy qui n'avait pas manqué de le répéter très vite à Bob que la séance de trois heures exprimait sous une forme optimiste un effondrement du savoir analytique. Cela témoignait du fait que l'on ne croyait plus à la vérité de ce savoir ni à l'objectivité de ce savoir, que l'on ne croyait plus à son caractère opératoire, mais seulement à son caractère auxiliaire : « Cela m'aide. »

« Cela m'aide à vivre ma séance de trois heures », aurait ajouté Miller avec une once de cruauté.

Cela avait blessé Bob.

:::::: En théorie, je suis persuadé d'avoir raison avec la TLS. Mais en pratique, je suis bien obligé de reconnaître qu'hormis une nymphomane retraitée et un fonctionnaire du quai d'Orsay suicidaire dès potron-minet, ma clientèle est surtout composée de chômeurs et d'artistes ratés, les seuls qui ont trois heures à perdre en semaine au milieu de l'après-midi :::::: Tel ce critique littéraire qu'il entendait parfois le dimanche soir à la radio ; il avait tout de même mis un moment, plusieurs séances, à faire le rapprochement. Finalement c'était à sa voix de grand fumeur qu'il l'avait reconnu, une voix grave et juvénile, avec presque une octave perdue en chemin, goudronnée de nicotine... La cigarette, cette utopie... Mais cet analysé-là était un grand rêveur qu'on avait envie de secouer comme un cocotier. Il considérait que la critique était le dernier grand domaine de la vie active, et rêvait d'une révolution rameutant tout le monde place de la Concorde :::::: Le grand délirant ! Robespierre *meets* Sainte-Beuve ! Au secours ! ::::::, laquelle renverserait le gouvernement en place avec un programme plus critique que politique :::::: Hystérique ! Avaricieux mégalomane ! Écrivain rentré ! :::::: Cela tournerait pour l'essentiel autour du remplacement de l'argent par de prétendus jetons de présence comme dans les conseils d'administration, afin que la vie ressemble à un jeu. Être présent au monde, affirmait-il, c'est le top de l'utopie réalisable, mais pour cela il faut s'amuser. Et superbement, encore. :::::: En plus, il fout des adverbes partout ! Un jour que je lui demandais pourquoi, il m'a répondu : C'est mon style ! Mon style ! Le petit con ! ::::::

Et c'est par là que la TLS ressemblait à un échec. Pourquoi pas quatre ou cinq heures, pendant qu'on y était ? Néanmoins, le patient avançait plus vite :::::: Bon... Peut-être pas le critique littéraire en particulier. Lui est vraiment bouché à la toile émeri. Six ans qu'il vient me voir ! Mais disons le patient en général ::::::
Avec la séance de trois heures, il y avait un rythme plus jazzy provenant du divan, moins de faiblesse rythmique, en général
Une basse soutenue en « ça bémol »
Un accordéon psychique
Mais bon cela pouvait aussi s'entortiller
Dans un manque patent d'harmonie
Clinique bienfaisante

Et maintenant qu'un soir de printemps tombait dans le cabinet du psy, sous les combles de la rue de Lappe, cela faisait donc plus de trois heures qu'il soliloquait ou presque. Et, même s'il adorait cette temporalité, après en avoir soupé chez d'autres psys avec des séances de trente minutes montre jetable en main ;

même s'il appréciait la souplesse, le lâcher-prise de sa parole qui pouvait alors se dévider à perte de vue sur des kilomètres, même à bout de salive, même à bout de souvenirs troués rapiécés d'anecdotes, de coqs à l'âne et de triples saltos arrière dans sa mémoire en vrac, il enrageait toujours d'être interrompu, de ne pas pouvoir finir ses phrases, de ne pas pouvoir raconter comment Guy Debord l'avait hanté, annihilé, phagocyté, vampirisé. Et comment il hésitait toujours sur les termes. Mais, s'il fallait n'en choisir qu'un, alors disons « hanté ». D'abord par sa lecture de *La Société du spectacle*, puis par la rédaction de son article pour *Libé*, sur lequel il avait sué sang et eau, puis par le reste de l'œuvre et, comme si cela ne suffisait pas, par la vie exemplaire de Guy Debord. Ah oui, le situationniste en chef avait eu, à ses yeux, une vie exemplaire. Exemplaire en un sens, c'est comme tout. Mais pas n'importe quel sens, c'est comme tout. Et il savait aussi, ou il avait compris à force, que les psys, ces étranges écouteurs du réel, aimaient interrompre leur séance quelle qu'en soit la longueur *au milieu des choses* ; que, pareils à de jeunes enfants, la fin des histoires les intéressait moins que leur début, qu'ils aimaient réentendre indéfiniment.

Mais ce n'étaient pas que des histoires d'identification, attention. Par exemple, il ne s'était jamais identifié à Sartre ou Debord, ni même à leurs pensées, qu'il avait essayé de comprendre, sur lesquelles il s'était trompé, cogné le nez, le front, mais dans lesquelles il était aussi allé piocher un tout petit matériel, disons quelques idées, peut-être des convictions qui, mises bout à bout, l'avaient constitué.

Pourtant, au lieu de pouvoir développer là-dessus, il avait donc dû se relever en se frottant les reins pour s'asseoir sur le divan (en fait une simple méridienne) en même temps que le psy se levait de son fauteuil au pied duquel traînait un exemplaire du *Monde*. La pièce étant petite, encombrée, chaque fois c'était pareil : il y avait un instant de gêne lorsqu'il se retrouvait avec le sexe du psy à hauteur de la bouche, et il se demandait si l'autre abruti ne le faisait pas exprès. Bref, le moment était arrivé de le rétribuer. Il fourragea dans la poche de son jean pour extirper trois billets de cinquante euros qu'il était allé chercher spécialement au DAB de la Banque de France, pour qu'ils soient neufs et craquants, de l'argent immaculé, propre, net. En six ou huit ans, ces petits gestes s'étaient ritualisés entre eux. Le psy prenait le fric avec un sourire carnassier, genre je l'ai bien mérité, et ses trois pauvres billets allaient rejoindre une énorme liasse qu'il sortait de son pantalon de velours côtelé de psy, il y avait là des billets de cinquante, mais aussi de cent, de deux cents et même une fois de cinq cents euros, c'était la première fois qu'il en avait vu un, il savait à peine que cela existait. Puis le psy le raccompagnait à la porte en lui adressant quelques mots, pareil à un prof sympa à la fin d'un cours.

— Dites donc, je voulais vous demander... Est-ce que vous avez lu le livre d'Onfray sur Freud ? Cela m'a l'air d'un sacré paquet de merde, non ? J'espère que vous allez dénoncer tout ça dimanche soir à la radio...

Eh bien oui, il le ferait si on le lui demandait gentiment. Sans complexe, il tendit la main. Celle de Bob replongea dans sa poche à regret, et en ressortit deux billets de cinquante euros, deux vieux tout pâlichons, dont l'un rapiécé au ruban adhésif, qu'il donna au critique littéraire utopiste en marmonnant :

— À la semaine prochaine.

Il sortit alors tout guilleret du psy et décida de s'accorder le luxe d'un demi en terrasse. Or l'air était doux en ce mois de mai, les filles se décolletaient, se dépoitraillaient, il voyait des nichons partout. La ville était pleine de pollen et de phéromones. Tout en marchant, il calcula qu'avec les cent euros que venait de lui rétrocéder le psy, plus sa pige à la radio, l'assassinat d'Onfray, qu'il n'avait pas prémédité, allait lui rapporter dans les trois cents euros. Pas mal. Il était une putain de sniper, une putain de tueur à gages indépendant, sans nul mac. Il pouvait donc se payer une bière et réfléchir au soleil à la manière dont il allait s'y prendre. Il fallait faire ça à coup sûr avec beaucoup de calme. Un bon critique est plus un bourreau professionnel qu'un bon juge. Lui ne représentait pas la société. Comme le bourreau, il vivait à l'écart, et vu la nature de son job, à part sa femme et ses enfants, personne ne pouvait franchement l'aimer. D'ailleurs, le bébé qui venait d'arriver, quand il lui souriait le matin dans le lit après avoir liquidé son biberon d'une franche goulée, avant de faire un câlin, de babiller, lui donnait envie d'effectuer ça proprement. Après ses trois heures de séance, tout relâché, presque souple en dedans, il avait envie de penser que la psychanalyse était la forme occidentale du zen. D'ailleurs, dans quelques années, lorsqu'il aurait bouclé la boucle sans fin de son analyse en niant la boucle, il se mettrait au véritable zen. Mais, en attendant, il lui fallait s'occuper du sieur Onfray.

Il avait épluché son essai contre Sigmund Freud en se pinçant le nez : c'était un livre de flic, avec des bouffées çà et là d'antisémitisme, en tout cas une pesanteur, et des sales manières de flic, fouillant dans les petites affaires, renversant le contenu des tiroirs, trépignant de joie, appelant les copains pour venir voir, lorsqu'il tombait dans sa perquisition, sans prendre de gants, sur un maigre sachet de cocaïne, une quelconque liasse de billets, certain cadeau venant de Marie Bonaparte, ou un exemplaire de *Pourquoi la guerre ?* dédicacé à Mussolini… C'étaient des preuves, les gars ! Cette fois, le charlatan viennois ne pouvait pas s'en sortir, on le tenait, on allait le menotter, le ficeler à ses contradictions. Il avait tout bidonné, dès le départ. La découverte de l'inconscient ? Une vaste blague qui n'était même pas de lui ! Le complexe d'Œdipe ? Typiquement ce genre d'alibi que le pervers pépère s'inventerait après avoir désiré coucher avec sa mère, sa belle-sœur, sa fille, toute la smala en vérité. Plutôt que reconnaître son vaste crime donc, Freud aurait préféré plonger l'humanité entière dans le bain de sa propre culpabilité en inventant la psychanalyse, bel effort. Entièrement à charge, le livre faisait songer à ces procès staliniens tels que Robert Littell les racontait dans *L'Épigramme de Staline,* son beau roman sur le poète Mandelstam, où tout était retenu contre ceux qu'on voulait abattre : une carte postale griffonnée de Rome, votre goût pour les cigares, votre collection de statuettes, le prix de vos séances. Puis sur le site du *Nouvel Obs* il avait lu la longue réponse d'Élisabeth Roudinesco, hélas très flic elle aussi, reprenant en contre-expertise l'insubordination des faits matériels chez le philosophe à la mode de Caen, lui donnant des coups de Laplanche & Pontalis sur la tête sitôt qu'il se trompait sur les dates (et il se trompait beaucoup sur les dates). On aurait dit la guerre des polices : caporalisme savant du grand tribunal des agrégés contre p'tit prof de philo au lycée technique chopé sur la voie publique en dealer d'ignorance. Seule la dernière phrase de l'article de Roudinesco laissait réellement éclater une objection de taille :

À la lecture d'un tel ouvrage, dont l'enjeu dépasse largement le débat classique entre adeptes et opposants à la psychanalyse, on est en droit de se demander si les considérations marchandes qui ont conduit à cette publication ne sont pas désormais d'un tel poids qu'elles seraient susceptibles d'abolir tout jugement critique et tout sens de la responsabilité ?

Vrai. L'auteur n'était pas seul responsable de son livre ; il y avait aussi l'éditeur. D'ailleurs, n'était-ce pas au terme même de cette responsabilité que ce dernier prélevait, dans le meilleur des cas, quatre-vingt-dix pour cent du prix de l'ouvrage ? Elle avait bien raison de le rappeler, Liz, mais dans son souvenir à lui, le même argument ou presque avait été utilisé à la fin des années 70 par rien moins que Deleuze, Vidal-Naquet et Castoriadis pour contrer l'offensive des nouveaux philosophes : sans aucun succès, faut-il le dire.

C'est marrant, il se souvenait encore du texte du fondateur de Socialisme ou Barbarie comme s'il l'avait appris par cœur. Il s'intitulait *L'Industrie du vide*, un bon titre aurait de nouveau dit le psy dans son dos, et il avait été publié dans *Le Nouvel Observateur*, déjà :

Sous quelles conditions sociologiques et anthropologiques, dans un pays de vieille et grande culture, un « auteur » peut-il se permettre d'écrire n'importe quoi, la « critique » le porter aux nues, et le public le suivre docilement – et ceux qui dévoilent l'imposture, sans nullement être réduits au silence ou emprisonnés, n'avoir aucun écho effectif ? écrivait Castoriadis.

L'ancienne dictature du savoir et des savants cédait le pas à la prétendue démocratie de l'ignorance et des ignorants, garantie sans goulag mon ami, sans violence ma petite fleur humaine, ma pâle pâquerette que je respecte, mon géranium en bouture sur son rond-point près de Casino, d'Habitat et de Toys'Я'Us que j'inaugure, mais en revanche avec un dédain richissime pour ces vieux profs mal habillés, en chemises tergal boutonnées jusqu'au col et vagues sandalettes. À son tour Pierre

Vidal-Naquet écrirait : « On est passé de la République des lettres à la non-République des médias. »

Sa vie était belle. Du soleil, les filles qui passaient, une Antigone, une Phèdre, au moins deux princesses de Clèves, plusieurs Cléopâtre en cothurnes Hermès de dix centimètres, si proches de la Bastille. Il profita de la rêverie du serveur pour commander un autre demi. Il était payé pour tuer Onfray tel un Ben Laden, alors il sortit son calepin pour noter des angles d'attaque, comme s'il faisait partie d'une *troupe d'élite*.

6

Dans le train, il n'arrivait pas à lire. Puisque le meilleur des livres était toujours à la fenêtre, il restait des heures à scruter le paysage qui défilait. Voilà le bouquin qu'il aurait voulu écrire : soit le défilement rapide d'un paysage, les bourgs anéantis qu'on traversait à toute berzingue et dont les noms fusaient à trois cents kilomètres heure dans un défi à la lecture ; quelques silhouettes dépolies par le hasard ; un meurtre suspect, d'ailleurs à peine un meurtre, juste un suicide si ça se trouve ; une simple défenestration entraperçue en quatrième vitesse d'un cinquième étage ; et puis une machine agricole rouge dans un champ complet jaune ; la toute-puissante pesanteur des éoliennes et leur manière de se dresser contre la splendeur du paysage, d'affirmer métal que, ne cherchez plus, c'étaient elles dorénavant qui constituaient toute la beauté moderne ; un tunnel qui faisait trembler la vitre, perdre le réseau avec, au sortir du noir complet, des Roms filant vif pareils à des rats recherchés entre les wagons d'une petite gare de triage ; des chevaux, des vaches, des entrepôts, un pont au-dessus d'un fleuve à l'air épais, menaçant de quoi, on ne sait pas.

Il cherchait des titres de romans qui se déroulaient dans un train : *La Prose du Transsibérien*, *Le Crime de l'Orient-Express*, *La Modification*, de Michel Butor, *Zone*, de Mathias Énard, *6h41*, de Jean-Philippe Blondel (dans un TER), ainsi que le diabolique *Londres Express*, de Peter Loughran, pur modèle de monologue intérieur, furent les six qui lui vinrent à l'esprit. Il se creusait la tête pour en trouver un septième. Il était absolument certain qu'il en oubliait un gros comme une maison. Un roman russe ? Chinois ? Les Chinois et les Russes prenaient souvent le train. Dans tous ces romans ferroviaires, les personnages voyaient défiler leur vie intérieure. Défilement en avant ou en arrière, ça dépendait s'ils étaient assis dans le sens de la marche ou non, s'ils changeaient de place durant le trajet.

Il était seul, en première, dans un wagon à moitié vide, tant mieux car le voyage durait cinq heures. Il temporisa un tout petit peu avant de déboucher sa flasque de Laphroaig, un whisky tourbeux qu'il avait découvert en lisant Trevanian, le Ian Fleming américain. Il adorait boire dans les transports en commun, les trains, les avions, le métro. Le métro avec un petit coup dans le nez, il fallait avouer que ce n'était plus tout à fait le métro. Mais surtout les trains. Encore un tunnel, puis des champs en espalier, des entrepôts, une rivière sinueuse qu'une départementale suivait en épousant ses méandres. Si bien qu'en se mettant à picoler il se mit à composer une liste des écrivains morts dans des accidents de voiture : Italo Svevo, Albert Camus, WG Sebald, Jean-René Huguenin, Roger Nimier, Françoise Sagan ou presque... Barthes ayant été renversé par une camionnette, cela ne comptait pas.

Il allait à Bienne, en Suisse, faire une conférence et se maudissait d'avoir accepté pour les très beaux yeux de Stéphanie. Il n'aimait pas trop la Suisse. Ce pays le mettait mal à l'aise, il avait toujours envie de le comparer à une poignée de main moite ou à une pattemouille, il ne savait pas pourquoi. Il aurait fallu qu'il couche avec une Suissesse pour mieux analyser ce sentiment ; une Suissesse, rien que le mot clitoridien. L'idée de la conférence était simple : il s'agissait de raconter comment trois grands écrivains, aussi distants dans le temps que pouvaient l'être Edgar Allan Poe, Virginia Woolf et Martin Amis, avaient vécu chacun à leur façon leur double statut d'écrivain et de critique littéraire – critiques de la production littéraire courante en leurs temps respectifs. Tous les écrivains étaient critiques, bien peu parmi les grands s'étaient privés du loisir plus ou moins périssable d'écrire sur les autres, mais rares étaient ceux qui s'étaient colltiné ce qu'on appelle dans les journaux les livraisons, autrement dit l'« évaluation des livres à peine sortis de la presse », ainsi que l'expliquait Virginia Woolf dans un long article qu'elle avait consacré à la question et qu'il comptait citer en abondance.

Avant de lire *Avec Poe jusqu'au bout de la prose*, d'Henri Justin, il ne savait pas que l'auteur de *La Lettre volée* avait été critique littéraire. Au fond, il ne connaissait que la fin de sa destinée malheureuse dans les rues de Baltimore, il ignorait de quoi l'auteur avait vécu. « Le compte-rendu littéraire fut le lot quotidien de Poe, sa tâche alimentaire pendant plusieurs périodes de sa vie », écrivait son biographe. Justin précisait que la Library Of America venait de publier une *sélection* de ces articles, et que le résultat était à peine moins gros que l'intégrale des *Contes et Poèmes*. Et voici comment Justin décrivait le travail de Poe, avec peut-être un peu de ce mépris que l'universitaire nourrit toujours pour le journaliste : « Ses patrons successifs attendaient de lui qu'il présentât l'essentiel de la production de la jeune nation au fur et à mesure de sa production. » Naissance d'une nation & naissance d'une littérature ; renaissance d'une nation et renaissance d'une littérature, par exemple la française dans les années 50, 60. Ou encore : pas d'Amérique sans littérature américaine, ce qui n'est certes pas faux – on voit tout l'enjeu psychique d'un imaginaire à soi, délimité par un espace qui semblait à l'époque encore illimité. Justin précise que les livres disponibles en Amérique sont longtemps venus d'Angleterre ; mais voici qu'une production locale apparaît vers 1840. Il faut donc en parler, la juger. Ce sera le travail d'Edgar Allan Poe. La littérature arpente le réel, comme le narrera beaucoup plus tard le roman *Mason & Dixon*, de Thomas Pynchon ; et ce que l'on demande alors à Poe c'est de vérifier qu'un arpent est bien un arpent, autrement dit d'instituer dans ce paysage naissant une mesure, un mètre étalon, une norme littéraire. Évidemment, Poe ne suivra pas cette norme dans ses propres écrits, et c'est peut-être parce que ses employeurs savent qu'il ne la suivra pas pour lui-même qu'ils lui demandent de l'édicter pour les autres.

Dans son ouvrage, Henri Justin raconte comment, très vite, Poe fut considéré comme un « éreinteur » à l'époque caricaturé en Indien brandissant son tomahawk. C'était déjà l'invention, devenue une vulgate décolorée de ce métier, du critique méchant. Citant une roborative étude de Claude Richard sur *Edgar Allan Poe, journaliste et critique*, Justin écrit : « Ce que Poe rejette, c'est l'écriture au fil de la plume ; ce qu'il exècre, c'est la platitude, l'ineptie – quand je pense, laisse-t-il entendre à propos d'un roman d'un certain Morris Mattson, que cela a été écrit, imprimé, publié et gonflé par une critique complaisante. »

Ralenti, le train s'était attaqué l'air de rien à la montagne. À présent, il était arrêté pour un moment dans la dernière gare française avant la frontière. Il descendit sur le quai fumer quelques cigarettes et se dégourdir les jambes, mais il restait plongé dans ses pensées face à la montagne qui l'angoissait.

Près d'un siècle plus tard, Virginia Woolf dresserait un constat plus pathétique encore de la situation. Elle aussi avait dû combiner l'activité de critique et d'écrivain, non sans mal. Dans son *Journal*, elle écrivait en 1932 : « J'essayais d'analyser ma dépression, comment en moi le cerveau est harassé par le conflit entre deux modes de pensée : esprit critique et esprit créateur. » Elle prend néanmoins sa tâche extrêmement au sérieux, disant écrire chaque phrase de ses recensions « comme si [elle

devait] passer en jugement devant trois magistrats »,
d'autant plus qu'elle redoute ce sort pour elle-même.

Le train était reparti, les douaniers suisses étaient
montés à bord et traversaient cérémonieusement les
wagons à la recherche d'émigrés clandestins, de tra-
fiquants, de fraudeurs de toutes sortes. Dans l'article
qu'elle avait écrit en 1939 et intitulé « Le chroniqueur
littéraire », Virginia Woolf mettait l'accent sur la disparition de la critique littéraire au profit dégénérescent de
la chronique littéraire : articles plus courts, écrits à toute
vitesse, à propos de livres qui, le plus souvent, ne valaient
pas le trait de stylo sur la feuille. Mais, continuait-elle
sur un ton presque marxiste, « le chroniqueur littéraire
doit rédiger un compte-rendu car il lui faut bien vivre ;
et il lui faut vivre, la plupart d'entre eux étant issus des
classes cultivées, selon les critères de cette classe. Ainsi,
il lui faut écrire souvent et abondamment. Seul vient
semble-t-il atténuer cette situation effroyable le plaisir
qu'il éprouve à dire aux auteurs pourquoi il apprécie ou
non leurs livres ». Virginia Woolf l'émouvait toujours. Par
la vitre du train, il pouvait encore la voir s'enfoncer dans
la rivière du dernier jour, des cailloux plein les poches.
Sur le guéridon du salon, elle avait laissé une lettre à
son mari pour dire qu'elle ne l'ennuierait plus jamais.
Plus jamais.

Le train entra en gare de Bienne, puis stoppa net avec
des hoquets grandiloquents. Il faisait très beau, c'était
déjà ça. Sur Google le Golem il avait trouvé : « Bienne, la
plus grande ville bilingue de Suisse, est à la fois métropole
horlogère mondiale et ville de la communication. Située

au bord du lac, au pied du Jura, au cœur du Mittelland, Bienne vous souhaite la bienvenue par un Bonjour-*Grüessech'*. »

Il se souvenait qu'à l'école primaire il avait gagné une montre à la faveur d'un concours municipal organisé avec le syndicat de l'horlogerie, le même qu'avaient dû gagner en leur temps deux fanatiques de tocantes, Julien Diay et Nicolas Sarkozy, et que, lors d'une cérémonie au cours de laquelle sa mère avait versé une petite larme, le maire en personne lui avait remis son prix tandis que le journal local prenait des clichés : une mignonne Kelton de la couleur qu'on aimait dans ces années-là et qui sombra ensuite corps et âme au point qu'on aurait presque envie aujourd'hui de se mobiliser en sa faveur : *la couleur orange*. La montre avait fait long feu à son poignet car, très vite, il s'était mis à détester ces minutes menottées, à détester le temps, ce long tapis roulant déréglé à trois vitesses sur lequel on tanguait, on fléchissait ou on languissait, qui avançait ou trop vite, ou pas très vite ou trop lentement. Et il avait appris à vivre sans montre, ce qui n'est pas si facile.

Il aurait fallu à son avis arracher conceptuellement la vitesse au temps, comme dans ces westerns où les méchants décrochaient le dernier wagon où les bons se trouvaient encore, désormais perdus au milieu de nulle part tandis que leurs ennemis filaient plein pot vers une idée de l'Ouest et de l'or... Il aurait fallu inventer une vitesse immobile, en tout cas séparée de l'idée du temps, à laquelle plusieurs paradoxes bien connus nous invitaient à penser. En sortant de la gare, il eut l'idée que ce devait être assez simple de draguer une Suissesse, qu'il suffisait de lui demander l'heure pour flatter son ego national et marquer de gros points. Autant demander à une Parisienne, quand on était étranger, où acheter une bonne baguette dans le quartier. Cela devait marcher à tous les coups, le rêve de la femme moderne étant d'épouser un étranger pour élever des enfants bilingues ; ou bien de faire des enfants avec un homme de même nationalité mais d'aller les élever à l'étranger pour qu'ils deviennent bilingues dans un effacement progressif, beckettien ou nabokovien, de la langue maternelle au profit de la langue nationale. Langue de sang, langue de sol. Tapis de sol. On en était là. Toutes les femmes aujourd'hui savent que la langue maternelle ne suffit plus, qu'il faut au moins être parfaitement bilingue pour réussir dans la vie, voire trilingue comme un Suisse ou un pauvre Monégasque. Le bilinguisme (au moins), voire un métissage des langues à la *Finnegans Wake*, étaient l'avenir de l'espèce humaine, pour qu'elle commence à pousser en rhizome, dans une horizontalité universelle plutôt que dans une verticalité nationale. Oui, il était temps que l'homme pousse telle une asperge, une pomme de terre au lieu de pousser tel un arbre, imbu de lui-même, ou bien, comme cela arrivait de plus en plus souvent aujourd'hui, à moitié honteux de ses racines perdantes.

Mais ces belles pensées fondirent d'un seul coup lorsqu'il se retrouva sur la place de la gare. À l'image de toutes les autres, celle de Bienne avait été défigurée, dans sa géométrie en quinconce parfaite, par de sinueux parcours de dépose-minute pour taxis, bus et usagers, qui empiétaient d'un bon tiers sur l'ancienne perspective, mais hormis ce désagrément urbain que l'œil finissait par fondre en changeant d'objectif et en se réglant sur des points de fuite plus lointains, c'était une magnifique petite place. Au nord, la montagne imposait la placide dimension de son versant sud, fortement ensoleillé et touffu de pins ayant poussé en défiant les lois de la gravité ; quelques villas visibles au flanc de ce massif oxygéné d'émeraude, dont l'une d'entre elles avait servi de centre d'entraînement pour les Jeux olympiques, apprendrait-il le lendemain de la bouche d'une Alémanique aux seins altiers. Il s'alluma une ciga rette. *American Spirit.* Il aimait beaucoup cette petite place. Ses bâtiments paraissaient eux-mêmes trilingues avec leurs toitures patoisantes. Au centre, l'artère principale piquée de boutiques d'horlogerie s'enfonçait dans la ville jusqu'à une autre place, très différente, plus bourgeoise, où il trouva un café pour s'enfiler un petit pastis. Pour avoir été moderne dans les années 70, avec son mélange d'aluminium et de skaï, l'établissement le redevenait aujourd'hui, avec quarante années de retard et quelque chose de touchant. Non ; le temps n'existait pas en Suisse ; sinon sous la forme d'un géant obèse qui se retournait parfois dans son sommeil, en ronflant. Quelle bergère innocente aurait-il pu écraser en se retournant, au titre d'un simple fait divers ? Ici, tout était lent. Et il dut bien attendre un quart d'heure avant qu'on le servît.

Son hôtel, qu'il avait localisé grâce à son iPhone, se trouvait un peu plus loin, aux abords de la vieille ville ; en passant devant un panneau d'informations culturelles, il regarda si sa conférence était annoncée ; il ne vit rien. Elle devait avoir lieu demain dimanche à seize heures au bord du lac où Jean-Jacques Rousseau avait herborisé. En attendant, il devait dîner ce soir avec Stéphanie.

Avec Stéphanie, il fallait aimer le XVIIIe siècle, Voltaire, Couperin, Boucher, Watteau, Diderot… Surtout Voltaire, aimer tomber par terre ou dans le ruisseau. La salope. Il fallait beaucoup aimer, n'être point jaloux, propriétaire de l'autre, avoir lu un peu Restif de la Bretonne pour savoir où l'on mettait les pieds, goûter aussi le XVIIe siècle (Molière, La Fontaine…) et supporter l'hypnose de ses grands yeux bleus, limite pervenche. Elle était sa maîtresse depuis près d'un an, mais il imaginait sans peine n'être qu'un nom sur sa liste et qu'elle avait beaucoup d'autres amants. Lorsqu'il l'avait vue nue pour la première fois, il avait été soufflé par sa beauté tellement « folies françaises », comme si la *Diane au bain* de Watteau lui était apparue en vrai ; ou bien un Fragonard. Sa peau était d'une blancheur obsolète, avec de fins petits bracelets bleus à proximité des poignets, ainsi que des tétons. Elle ne portait jamais de soutien-gorge et montrait volontiers ses petits seins en public. C'était une minuscule bonne femme, du genre dévergondée sévère, plus BlackBerry qu'iPhone, qui aimait avant tout la fête, le champagne, la cuisine, la cocaïne (s'il y en avait, elle n'y résistait pas), les menuets et les chansons de Maxime Le Forestier. De loin, elle pouvait faire songer à une femme savante ou à une précieuse ridicule, mais de près, en accord avec Molière, elle n'était rien de tout ça. Il avait toujours été énervé, et plus encore depuis qu'il connaissait Stéphanie, par la manière qu'on avait toujours d'interpréter cette pièce de Molière : ces femmes n'étaient ni précieuses ni ridicules. Elles fomentaient au contraire, dans le langage, ce qui deviendrait bientôt le dépassement du style dans le stylisme : ce qu'on appellerait deux siècles plus tard la mode, et dont Stéphane Mallarmé, qui ne s'y tromperait pas, serait pour commencer le reporter (comme Roland Barthes en serait encore plus tard l'éditorialiste, et Baudrillard l'idéologue en chef). Stéphanie était une femme savante : si savante qu'elle avait eu le désir et la volonté de fonder une École qui portât son nom, et qui ne fût pas qu'une école de femmes en dépit des supplications de ses congénères. L'École se greffait sur les manifestations d'art contemporain telles que les grandes villes – et même parfois de moyennes, à la fois pantelantes de désir et tremblantes d'effroi – en organisaient souvent.

Car cet art dégénéré, selon certains de nos meilleurs intellectuels, comportait une part de provocation que les bourgeoisies locales, plus ou moins libérées selon leur emplacement géographique, supportaient la plupart du temps avec difficulté. En France, disons que c'était un peu le contraire de la Seconde Guerre mondiale : la zone libre était aujourd'hui au nord, elle s'arrêtait à la Loire, la zone occupée commençant juste au-dessous (même si, en bataillant avec opiniâtreté, on pouvait arriver à la repousser jusqu'à la Garonne ou même jusqu'au Rhône).

Stéphanie avait été mise en examen pour pédopornographie, rien que ça, dans le cadre d'une exposition organisée en 2000 à Castres. Une association d'extrême droite avait porté plainte, et le doyen des juges d'instruction, le juge Cauchon, ça ne s'invente pas, proche de l'extrême droite, ça ne s'invente pas non plus, avait ouvert une enquête. Il avait notamment fait rechercher par Interpol un certain Robert Mapplethorpe, photographe de son état, mort du sida en 1989, pour une photo outrancière de son pénis dans une exposition que des enfants auraient pu voir, même si le rectorat de Castres avait dessiné pour l'exposition un parcours pédagogique à l'intention des groupes scolaires. Il se trouve que l'avocate qui défendait l'association avait vu l'exposition alors qu'elle était enceinte, ce qui la faisait juge et partie, mais peu importe. Ce qu'il faut surtout retenir, c'est que tous deux, fœtus et génitrice, avaient été secoués par les images torrides – ainsi faut-il l'écrire, les faits s'étant déroulés avant la seconde échographie.

Il n'avait couché avec Stéphanie qu'à la suite de leur première collaboration pour l'exposition *La Force de l'art* au Grand Palais. Ils s'étonnaient d'ailleurs de ne s'être encore jamais croisés auparavant, vu le nombre d'amis qu'ils avaient en commun. Ils les soupçonnèrent alors en riant dans les bras l'un de l'autre d'avoir différé ce moment le plus longtemps possible. « Si ces deux-là deviennent amants, devaient-ils se dire, quelle explosion ! Quelle réaction en chaîne !» Vos amis sont si puritains parfois, si jésuites aussi ; si jaloux de vous avoir rencontrés avant que vous ne vous rencontriez, si propriétaires d'un passé qui finira par s'appeler futur. Vos amis ont sur vous des idées et ils négligent parfois l'idée de votre bonheur ; au demeurant c'est pourquoi ils sont vos amis. Et quand, une dizaine d'années bien-heureuses plus tard, vous vous séparerez enfin dans les pleurs chuintants et les gémissements criards, cela leur permettra de vous dire, l'air compatissant : « Tu vois que j'avais eu raison.» Vos amis sont toujours prudents. Les écouteriez-vous qu'ils vous éviteraient presque tous les périls de la vie.

L'amitié : cet art qui supporte le moins la critique.

Que son hôtel à Bienne fût tenu par deux lesbiennes lui parut tout à la fois lacanien et normal. L'endroit était calme et resplendissant, plutôt une pension de famille aisée qu'un hôtel, avec une terrasse et un grand jardin pourvu d'un arbre centenaire à la vie lente et inquié-tante, le tout orienté plein sud, ce qui lui permettrait de prendre au soleil ses trois repas par jour. Il imaginait que les autres conférenciers logeaient aussi ici, mais il n'en connaissait personnellement aucun, à l'exception de l'ar-tiste italien Gianni Motti, qui n'était pas encore arrivé. Il hésita entre boire un deuxième pastis dans cet univers verdoyant et passer tout de suite au champagne en mon-tant directement dans sa chambre prendre une douche, se reposer et revoir un truc ou deux de sa conférence. Bosser un ti peu.

Il n'était guère payé pour ce travail, mais il fallait reconnaître que les conditions de logement étaient optimales. Il décida donc en premier lieu d'expérimenter sa chambre, donnant du bon côté, celui du jardin (mais il ferma les persiennes pour se protéger du soleil). Se caresser nu sur le lit en pensant à Stéphanie avant de prendre une douche ou l'inverse ? Cela lui rappelait Sartre affirmant que les prolétaires se lavaient les mains avant d'aller aux toilettes, et les bourgeois après. En fait, il défit d'abord sa valise du peu qu'elle contenait, surtout des livres : le Justin sur Poe, le Virginia Woolf, le Martin Amis. Et le *Sukkwan Island* de David Vann qu'il s'était promis de lire durant son voyage, sans l'avoir ne serait-ce qu'ouvert à l'aller. Il la sentait pourtant bien, cette première *novella* d'un Américain...

Le critique en lui, l'espèce de fin limier. Le chercheur de truffes. Le prescripteur. Il rêvait d'être scripteur, il était devenu prescripteur. Ironique, non ? Son destin ramolli, café bouillu... Mais sa chambre d'hôtel était si jolie que, comment dire ? Tout autre chose en tête.

Une partouze, là
Cul opalin en désordre
Belles chattes ultramarines
Et des 69 comme on devait en faire en 68

Oh, il y a pas mal de monde, quelques inconnues, et beaucoup d'amis. Les murs d'une très grande pièce remplie de coussins sont orange. Quelques plantes vertes assez vertigineuses grimpent jusqu'au plafond. Les lumières ne sont pas tamisées du tout. Ce n'est pas une partouze à proprement parler, plutôt un paradisiaque pandémonium. La scène est d'ailleurs aspergée par une grande lumière naturelle, sans doute dispensée par une verrière qu'on ne devine pas sur ces images. Transparence, donc. Et tous les participants ont une sacrée banane, que le mot « joie » ne suffirait pas à décrire.

Son psy aussi avec *Le Monde* à ses pieds

L'imprimeur de Versailles... Stéphanie... Guy Debord...

Tout le monde se caresse d'une manière ou d'une autre. Et lui aussi, en zoomant sur des couples qu'il reconnaît, qu'il est stupéfait de voir faire l'amour. Mon Dieu, c'est incroyable comme ils le font bien ! On s'excite rien qu'à les regarder. Si bien qu'il finit par conclure en vitesse sa petite affaire, s'en débarrassa d'une douche rapide, et avant même que d'aller s'enfiler des pastis sur la terrasse de l'hôtel décida de revoir ses notes pour sa conférence.

Le père d'Edgar Poe, acteur, s'était enfui loin de la famille ; sa mère, actrice, était morte lorsqu'il avait deux ans. Son tuteur, John Allan, ne l'aimait pas, et ne le mentionnerait pas dans son testament. Il avait pitié de cet

enfant orphelin désespéré qui avait écrit dans *Eurêka*
que le secret de l'attraction gravitationnelle des atomes
est l'Unité, le « père qu'ils ont perdu ». Veuf paranoïaque
et ivre d'une épouse enfant, il mourrait à quarante ans.
Virginia Woolf, c'était peut-être pire encore. Il fallait
qu'il insiste durant sa conférence sur le fait que son mari,
Leonard Woolf, avait tenu à répondre à son article sur
le chroniqueur littéraire. Au ton de la réponse, on comprenait que Virginia avait exigé plus tard, dans un de
ses plus beaux textes, *une chambre à soi*, avant d'aller
se noyer dans la rivière. La note de Leonard débutait
ainsi : « Ce texte soulève des questions d'une importance
considérable pour la littérature, le journalisme et le lectorat. » C'était une attaque beaucoup trop gentille pour
être honnête. Les grêlons tombaient juste après. « Je
suis d'accord avec nombre d'arguments avancés, mais
quelques-unes de ses conclusions me paraissent dou-
teuses, car la signification de certains faits n'a pas été
prise en compte ou car leur poids a été sous-estimé. »
Ce « ou car » n'était pas très heureux mais le style de
M. Woolf était loin de la perfection languide de l'écriture
de son épouse.

S'ensuivait la description d'un panorama culturel où,
au xviiie siècle, avait eu lieu une révolution au sein du lectorat et dans l'organisation économique de la littérature
en tant que profession. Cette révolution démocratique,
c'était l'accroissement du nombre de lecteurs. Selon
Leonard Woolf, cela mettait fin à une littérature élitiste
financée par des mécènes ou des protecteurs, et rendait
possible, pour l'éditeur, d'un point de vue économique,

de publier des livres « pour le public » en gagnant de l'argent. Cela permettait aussi d'offrir à l'auteur un salaire « décent », à condition toutefois que celui-ci écrive pour le public, et non plus pour le protecteur. M. Woolf prévient d'ailleurs : « Celui qui souhaite écrire des œuvres d'art et en vivre se trouve dans une position délicate. » Car, explique-t-il, « au fur et à mesure qu'augmentait le nombre de lecteurs et avec lui le nombre de livres, d'écrivains et d'éditeurs, il se produisit deux choses : écrire et publier devinrent deux branches d'activité ou de profession *hautement compétitives,* et le besoin surgit d'informer un vaste lectorat du contenu et de la qualité des livres publiés, de façon que chacun puisse sélectionner les livres à lire parmi les milliers publiés. »

En réalité, ce n'était pas une réponse mais une véritable scène de ménage où M. Woolf tapait du poing sur la table, agacé qu'il était par la frivolité immatérielle de sa femme, à laquelle il répondait tel un patron s'adressant à une vague syndicaliste à l'idéalisme niaiseux, c'est-à-dire en lui parlant chiffres. Là où Virginia établissait un distinguo subtil entre critiques littéraires et chroniqueurs littéraires, allant jusqu'à imaginer en poétesse que les premiers, en voie de disparition, pussent monnayer leur activité en étant directement consultés par les écrivains, à la manière de médecins qui leur confieraient leur diagnostic quant à la bonne santé de l'œuvre sous le sceau du secret professionnel, Léonard répliquait sans vergogne :

« Le fiasco des magazines littéraires vient de ce qu'ils sont restés dans un entredeux. Les lecteurs d'aujourd'hui ne s'intéressent pas à la critique littéraire et vous ne pouvez pas leur en vendre. Le mensuel ou le trimestriel qui espère que publier de la critique littéraire sera rentable est voué à la ruine. La plupart d'entre eux ont donc tenté de beurrer la tartine de la critique grâce aux chroniques littéraires. Mais les lecteurs en quête de simples recensions ne sont pas prêts à payer 2 shillings et 6 pence, 3 shillings et 6 pence ou 5 shillings par mois pour ce qu'ils peuvent tout aussi bien trouver dans les quotidiens et les hebdomadaires. »

Virginia avait dû commencer à gonfler ses poches de cailloux en lisant la réponse de son mari.

Les rives du lac de Bienne sont plus sauvages et romantiques que celles du lac de Genève. Parce que les rochers et les bois y bordent l'eau de plus près ; mais elles n'en sont pas moins riantes, écrit Rousseau dans *Les Rêveries du promeneur solitaire*. L'a pas tort. Il raconte ensuite que son kif est d'aller herboriser sur la plus grande des deux îles au centre du bassin. Il explique comment on détruit la petite en lui prenant de la terre pour réparer les dégâts que les vagues et les orages font à la plus grande ; et l'auteur du *Contrat social*, qui ne perd pas le nord, de conclure : « C'est ainsi que la substance du faible est toujours employée au profit du plus grand. » Il pensa alors à la Grèce au bord de la faillite. Il pensa au film *Socialisme* qu'il était allé voir à Paris en compagnie de Stéphanie, pendant que sa femme gardait le bébé. Il songea à ce que Jean-Luc Godard expliquait dans une interview, à savoir que si le monde était juste nous devrions payer des copyrights à la Grèce pour tout ce qu'elle avait inventé : la philosophie, la tragédie, la démocratie... Mais, sans le plus faible, le puissant est très peu de chose. Et Jean-Jacques ne s'imaginait sans doute pas que le plus fort dans cette affaire ce serait lui à la fin. Aujourd'hui, à cause de Rousseau, il n'y a plus à proprement parler d'île sur le lac de Bienne, celle de Saint-Pierre où il rêvait tranquillement avec ses livres demeurés dans les caisses (encaissés, disait-il) étant désormais reliée au rivage par un isthme long, mince et assez peu naturel. La possibilité d'une île détruite par la littérature même : avec ses *Rêveries* Rousseau avait sans le vouloir saccagé le territoire, rédigé le prospectus publicitaire de l'endroit, fabriqué les cartes postales qui vont avec et attiré sur l'île Saint-Pierre le touriste qui peut désormais s'y rendre à pied sec, contrat social en poche ou pas.

Le soir même de son arrivée, il avait donc marché main dans la main dans Bienne avec Stéphanie, le long de canaux dans lesquels devaient se jeter des centaines de ruisselets de montagne car l'eau y était très pure. Il traversait une partie de la ville qu'il ne connaissait pas, résidentielle et bourgeoise, avec de grandes maisons austères et riches dressées au fond de jardins qui, entre chien et loup, paraissaient presque sauvages ; un paysage qui lui donnait le sentiment d'avancer dans l'un des derniers romans de Simenon. Tandis que Stéphanie répondait à des rafales de SMS sur son BlackBerry et alors qu'il ne voulait pas déflorer le contenu de la conférence qu'il ferait le lendemain, il se mit à évoquer Rousseau.

— Je t'écoute, je t'écoute, lui disait Stéphanie, mais je dois organiser le dîner de ce soir avec les autres professeurs de l'École.

En voyant jusqu'à la majuscule dans sa petite bouche en cul de poule, il sourit dans la nuit jurassienne qu'il trouva à la fois plus dense et vraie que toutes les autres au monde : une fois encore dans sa vie, il n'était plus très loin de l'épiphanie, la vraie. Et puis Stéphanie lui avait montré en maintes occasions qu'elle pouvait faire deux choses à la fois. Il songea alors, non sans émotion, que leur harmonie sexuelle ne s'était jamais démentie depuis qu'ils avaient fait l'amour pour la première fois dans ce petit bureau au premier étage du Grand Palais, lors de la première édition de *La Force de l'art*, une triennale d'art contemporain voulue par le Premier ministre de l'époque, Dominique de Villepin.

— Il faut bien comprendre, dit-il, le plaisir très particulier qui est celui de Rousseau sur l'île Saint-Pierre. Il le dit très clairement : *il arrête de lire et d'écrire*. Il herborise. Il fait des listes… de plantes. Il est dans la nature, il marche, le soir il colle des herbes, des fleurs qui sèchent comme des mots dans son cahier, à peine s'il met le nom à côté. Une chose est sûre : le perpétuel bourdonnement de la machine de mots dans sa tête s'est arrêté, le bruit de fond de la société, l'esprit a pris congé, la botanique conduit à la rêverie promeneuse, vicinale, et à la fin de la pensée construite. L'herborisation de Jean-Jacques si tu veux c'est un peu comme la chasse aux papillons de Nabokov, mais en plus fort. Car il me semble qu'à l'île Saint-Pierre il invente le concept de vacances tel que beaucoup le perçoivent aujourd'hui, en retour momentané à l'état de nature. Ce sont bien sûr des vacances forcées dans son cas, mais peu importe.

— Hm, hm, faisait Stéphanie en tapotant dans la nuit la carapace noire de son téléphone qui vibrionnait derechef.

Mais il avait confiance, si confiance en lui ce soir.

— C'est marrant, continuait-il, que je parle de ça maintenant. Je suis totalement traumatisé, tu sais, Stéphanie. Nous sommes à la mi-juin et j'ai déjà commencé à recevoir les romans de la rentrée littéraire de septembre. Tu imagines ? Les pauvres s'entassent dans mon couloir de la mort, ils me jettent des regards attendrissants d'oisillons à peine sortis de la matrice, ils voudraient tous vivre, vivre. Qu'on les prenne, qu'on les ouvre, qu'on les dévore ! Un livre, un vrai livre, est heureux lorsque son lecteur est au milieu de l'histoire. Là il a les cuisses bien ouvertes, là il est obscène... Tu sais, je me marre franchement à la plage quand je vois des livres posés sur une serviette éponge le plus souvent humide, voire mouillée. Pour un peu, ça me ferait bander...

— Hmmmm, fit Stéphanie qui était beaucoup plus attentive depuis qu'elle avait remisé son téléphone dans son sac.

Elle lui avait pris la main, l'avait entraîné dans son sillage.

— Tu comprends, ma chérie, un critique littéraire n'est jamais en vacances, ni en été ni à Noël, jamais. Sur les sept cent cinquante-six romans qui vont être publiés, je vais en recevoir disons une centaine. Heureusement on présélectionne pour moi, mais d'une manière ou d'une autre il va falloir que j'aille voir ce qu'ils ont dans les tripes, et j'ai bien peur que ce ne soit possible qu'en les éventrant. Cela va être une boucherie, ma chérie, une sacrée boucherie !

Or, l'air de rien, Stéphanie l'avait attiré hors du sentier battu, dans un bosquet près du canal où l'on entendait le clapotis de l'eau.

— Prends-moi, dit-elle en s'appuyant de la tête et des mains contre un arbre et en cambrant le reste de son corps dans une posture un instant voluptueuse, puis très vite, dans le même jaillissement, obscène.

De sa robe on ne peut plus décolletée, un sein avait surgi tel un garnement, le téton déjà fort raide.

— Ouvre-moi, dévore-moi, lui susurra-t-elle.

— Là, maintenant ? fit-il, stupéfait.

Il venait de songer que l'exhibitionnisme devait coûter cher en Suisse, or ils étaient effleurés de temps à autre par le pinceau des phares de voitures qui passaient sur la route à dix mètres de là. En même temps, que faire ? Il ne pouvait pas laisser Stéphanie insatisfaite, dans cette position lascive d'abandon total. Il fallait, prenait-il conscience, la soulager au plus vite. Il avait néanmoins peur d'aller en prison, d'autant qu'à la réflexion il ignorait absolument tout des accords d'extradition entre la Suisse et la France. Certes, les geôles de ce côté-ci des Alpes étaient réputées pour leur confort, mais il n'imaginait pas sa femme faire douze heures de train aller-retour pour lui présenter au parloir le bébé grandissant. Surtout pour un délit de ce type. Il hésitait donc, tandis que Stéphanie se tortillait de plus en plus dans le clair-obscur : elle avait soulevé sa robe, elle mouvait son bassin en commençant à expulser des lambeaux de phrases obscènes où elle le traitait de pédé, de critique impuissant, d'artiste raté... Cela le révulsait, il avait peur ; et néanmoins il bandait comme un fou. Les femmes, presque toutes, avec leurs couronnes de pines, étaient sa malédiction, il le savait. Oh, comme il aurait voulu à ce moment-là éprouver l'amour pur ou presque de Rousseau pour Madame de Warens !

Le lendemain, ils étaient une petite huitaine sous la tente plantée au bord du lac pour assister à sa conférence.

— Coucou, leur fit-il en pensant que cela ferait plus suisse.

Il s'approcha du tableau sur lequel il écrivit de façon plus ou moins déliée cet intitulé peu ragoûtant :

LITTÉRATURE ET DÉMOCRATIE.

7

Une fille se pavanait sur le boulevard Saint-Germain avec un tee-shirt sur lequel on pouvait lire : *I'm not Thomas Pynchon*. Ils se marrèrent – le premier qui sortirait au plus vite *la* vanne.

— Il a tout de même de la chance, ce Pynchon, de n'être pas elle, trancha Gérard.

Puis il sortit la bouteille de Ladoucette de son seau à glace et les resservit, tandis que, de l'autre côté du boulevard, la façade de Lipp demeurait à l'ombre, les taxis formant une queue noiraude et longue dans la contre-allée.

Gérard Duguet-Grasser, c'était son pote, l'unique, le pénultième

Poète semblable aux ours qui se nourrissaient en suçant leurs pattes

Gargantuesque, énorme, filou solaire – il avait bien connu Allen Ginsberg à New York

Masse subtile de rhinocéros feutré, impeccable dans le genre envahissant tendre… Sorte de Porthos madérisé laissant dans les cafés des pourboires d'extraction divine, inoubliables pour chacun des récipiendaires

D'une beauté manouche qui demeurait comme une eau stagnante après qu'un cancer du rein l'eut pourtant plombé autour des cent vingt kilos
Le cheveu toujours noir gitan malgré les années
Les mains charmantes telles de grosses araignées, quelques doigts d'ancien magicien – il marchait par ailleurs en sandales d'Empédocle avec l'ongle du pied retourné emmailloté dans une « poupée »
Il passait donc ses journées au Flore choyé par les serveurs, mi-miteux, mi-richissime
À insulter le people, à bichonner la belle quidam
La rime en l'air comme on l'aurait dit d'une crosse, l'insulte printemps en fleurs
Matamore d'un monde atroce qu'il tournait de l'œil en gamin grognon
Avec de belles phrases, de semi-haïkus
N'avait jamais travaillé de sa chienne de race de vie
C'était un joueur de poker qui cherchait sa partie dans une société qui avait toujours fait tapis d'après lui
Au fond, quand on le connaissait, on comprenait qu'il avait les jetons
Pourtant ne pâlissait jamais l'étoile qui brillait au fond de ses ions

Des poètes, ces personnages en mie de pain, on s'attendait toujours qu'ils soient fluets, illuminés de l'intérieur, et le visage en vasistas avec des reflets de lune épars, biseautés. C'était Rimbaud ou bien Verlaine qui nous avaient mis dedans pour un bon bout de temps. Le poète ça faisait plus d'un siècle qu'on ne l'imaginait plus qu'en voie de disparition, famélique et aride, le poitrail concave, la peau sur les os, imperméabilisés à fond de drain. Pour vivre, Gérard écrivait des chansons ainsi qu'on donne du chocolat à de petits enfants. Il vivait de couplets, de refrains qui s'effilochaient à la magique radio. Les femmes l'adoraient, surtout celles de trente ou quarante ans de moins que lui qui venaient minauder contre son corps épais, lui arracher de colossaux baisers, des gifles caressantes (« J'ai envie de les frapper, ces putes, de leur arracher les seins », qu'il disait en souriant comme un éléphant de mer devant leur manège ondulé, leur jerk du mont de Vénus). Lui, en tout cas, bon sang de bonsoir, attaquait sa soixantaine comme un affamé un steak saignant.

Cela faisait deux heures qu'ils étaient à la terrasse du Flore, et ils venaient de commander leur troisième bouteille, tout en gobant des œufs durs pour ne pas se saouler trop vite.

— C'est quand j'ai commencé à parler de Martin Amis et que j'ai vissé, voire boulonné sous leurs yeux littérature et démocratie que je les ai sentis attrapés !

Il racontait sa conférence en Suisse, à Bienne, avec de grands gestes épars, le verre à pied qui dansait sous son nez.

— Bluffés qu'ils étaient, ces pattemouilles de Suisses ! Sincèrement, ils se demandaient jusqu'où j'irais. Allais-je dénigrer la démocratie au nom de la littérature ou la littérature au nom de la démocratie ? Je t'assure qu'ils n'en menaient pas large.

Il exagérait, bien sûr. Sa conférence à Bienne n'avait pas été un si grand succès que ça. Dix personnes à tout casser, on a dit. Une huitaine d'ombres dans la caverne.

— Pas mal, ce Martin Amis, fit Gérard d'une voix molle (il mâchonnait parallèlement un glaçon). En même temps, je n'ai jamais rien lu de lui.

À l'entendre, Gérard ne lisait jamais.

— J'ai plus les yeux, qu'il disait.

Pourtant, il connaissait tout, achetait dix bouquins par semaine, possédait la plus dingue des bibliothèques, à croire qu'il lisait par magnétisme, capillarité, imposition des mains.

— Ah oui. Plus que pas mal, même. Tu sais, il a brisé la malédiction. On peut remettre en question le romancier, je te l'accorde, *La Maison des rencontres* par exemple c'est classiquement faible, mais il a brisé la malédiction.

Une partie de la question de Gérard avait été bouffée en même temps qu'une portion de l'œuf dont brillaient des filaments jaunâtres à la commissure bourrue de ses lèvres.

Il reconstitua la question, puis y répondit de bon cœur :

— Quelle malédiction ? Eh bien, Martin Amis est un écrivain fils d'écrivain. Une espèce rare, presque protégée, en littérature. Au fait, au passage, sais-tu que parmi les espèces en voie de disparition les rapaces sont les plus protégés ? C'est drôle, non ? Enfin bref, tu en connais beaucoup, toi, des écrivains fils d'écrivains ? Je veux dire : à part Alexandre Dumas fils, Klaus Mann, Alexandre Jardin, Georges Feydeau, Yann Queffélec, Claude Mauriac ou Jonathan Littell, t'en connais beaucoup ?… C'est ça qu'est bien, avec la littérature : ce n'est pas un boulot de fils ou de fille de. C'est pas comme la chanson. C'est même pas comme dans le cinéma. *A rose is a rose is a rose.* La littérature.

— J'ai vu, dit Gérard en s'essuyant la bouche d'un revers de main, que le fils de Frédéric Dard écrivait à son tour des San-Antonio.

— Non, on parle sérieusement, là.

— Moi, j'aimais bien les San-Antonio, j'en lisais chez ma grand-mère à Lure. Je ne voulais plus aller à l'école. Je t'ai déjà dit, ça, que je ne voulais plus aller à l'école. J'étais malade là-bas, j'avais de grandes crises, les médecins n'ont jamais su de quoi. J'l'aimais, ma grand-mère… Alors je restais dans le jardin à lire des San-Antonio… C'est mon copain communiste qui me les passait, il est toujours vivant tu sais.

Gérard avait pris sa voix de basse, siphonnée par le passé, il descendait d'une octave chaque fois qu'il ouvrait la malle de Pandore de ses souvenirs fléchés.

— San-Antonio, ce n'était pas très bon, mais ce n'était pas de la merde non plus. T'es pas d'accord ? C'est peut-être ça la démocratie, en littérature… Pas très bon, mais pas de la merde. Pline le Jeune ?

— Ah non ! Pline l'Ancien n'était pas le père de Pline le Jeune… Je crois que c'était plutôt son oncle.

Toussota alors un homme vêtu d'une veste en velours sur une chemise écossaise, paré d'un nœud papillon qui pouvait provoquer des ouragans à l'autre bout du monde. À deux tables de là, il louchait depuis un moment sur leur conversation.

— Si je puis me permettre, Monsieur a raison. Pline l'Ancien était très exactement l'oncle maternel de Pline le Jeune.

— On t'a sonné, toi ? fit Gérard. T'es qui, d'abord ?

— Je me présente : André Blanchard, gardien de musée et écrivain.

— C'est la même chose, rétorqua Gérard au pif.

Mais il avait raison sur toute la ligne. Écrivain et gardien de musée, de nos jours, c'était à peu près la même chose.

— Tout de même, répondit Blanchard sans se déballonner, veuillez noter l'ordre dans lequel j'ai posé les choses.

Ledit Blanchard marquait un point. Alors Gérard attrapa par la manche le serveur qui rôdait autour d'eux, s'inquiétant d'ores et déjà d'un possible esclandre.

— Un verre pour mon nouvel ami.

Ce fut jeté.

Cela n'arrangeait pas du tout le nôtre, d'ami, qui aurait bien aimé finir de raconter à Gérard sa conférence de Bienne. Comment Martin Amis, accusant la crise économique d'avoir transformé la critique littéraire en « colifichet pour classes oisives » s'en prenait soudain, en piqué, comme un Spitfire, à l'égalitarisme démocratique si bien qu'en « bout de chaîne », écrivait-il, tout le monde avait désormais « une opinion » sur un livre.

Mais il savait que c'était fichu.

Gérard n'allait pas en effet au café pour discuter tranquillement avec un ami autour d'un verre, mais pour faire des rencontres aléatoires, élargir sa compagnie à des spectres inattendus, variables et, d'une certaine manière, antisociaux. Pour Gérard, la société était un baobab aux branches desquelles il aimait se suspendre. Être au Flore en sa compagnie qui régalait, qui payait à boire à tout le monde tel un prince manouche, sa roulotte en double file sur le boulevard Saint-Germain, c'était se retrouver dans une machine à laver le beau linge, le cachemire des beaux quartiers et les bleus de chauffe de la Haute-Saône.

D'ailleurs, tout bascula quand Blanchard raconta qu'il vivait à Vesoul.

— Je suis un Luron, hurla soudain Gérard, comme blessé au vif. Je suis de Lure, pas un gai luron, tu piges ? Les gars de Vesoul, pour nous c'était l'ennemi, le haut du panier, des bourgeois. Et puis tu écris quoi, d'abord ?

— Je suis l'écrivain le moins lu de France, répondit Blanchard, non sans une certaine dignité qui dut faire trembler Tokyo et sa banlieue.

Et, soudain, tout lui revint dans un souffle terrible, ammoniaqué, un coup de grisou dans sa mémoire !

André Blanchard ! Le gardien de musée de Vesoul qui se foutait comme un schnock de l'art contemporain, débitant son *Journal* à raison d'un volume tous les deux ans, sur lequel toute la chronique littéraire bien élevée à la rodomontade se foulait le poignet avec véhémence... Oui, cela lui revenait maintenant, le rayonnement dans des rez-de-chaussée de magazine, sans photo, de phrases toutes faites, mayonnaise maison, les compliments humides envoyés par pigeon voyageur depuis Paris jusqu'en Haute-Saône ; les pardonnez-moi mais « la vie, André Blanchard ne trouve pas ça très excitant, il préfère la pluie, le retrait, la solitude, et écrire ses carnets dans une langue à la syntaxe élégante, resserrée, faite de pirouettes, pour déjouer un implacable spleen », les « ce qui fait la saveur et le prix de son livre, André Blanchard le sait bien, c'est sa langue à lui, délicieuse de désuétude, avec ces petits ressacs de phrases courtes qui interpellent façon mains en l'air », et puis les « Il brode des aphorismes tranchants et ne se prive pas de rosser certains confrères ».

Un écrivain qui disait du mal de ses confrères, qui les fouettait en phrases dentelle de maussade mauve province toute mouillée. Gardien de musée qui plus est, chaisière de la modernité tant haïe ! Tout pour plaire à Paris qui avait plus que besoin de son quota d'anachorètes vésuviens ! Une paysanne incongruité, un Lichtenberg de venaison. La prise de terre qui ne ment pas. Puisque totalement débranchée. Tous les deux ans, à chacune des livraisons cyclothymiques de Monsieur Blanchard et, avec la paresse douée qui les caractérisait, les critiques parisiens se lamentaient – en crachats ravalés au lecteur : « Depuis le temps qu'on vous parle de Blanchard, qu'attendez-vous pour le lire ? » Mais le lecteur sentait bien qu'on lui vendait du Léautaud lyophilisé, du Cioran de dé à coudre, du Julien Green de gris…

Il aurait voulu prévenir Gérard quant à la réalité de ce nœud papillon, lui expliquer que Blanchard n'écrivait que de la moussaka réactionnaire… Trop tard ! Les deux copinaient déjà comme des cochons en parlant de leurs chats. L'écrivain le moins lu de France (après lui, putain, après lui !) lapait son vin blanc, très à son aise, en dissertant sur le petit livre illustré par Balthus que Rilke avait écrit sur les chats.

— Pas mal, Rilke, disait Gérard.

Si bien qu'il éprouva une sorte de jalousie amicale, teintée de mélancolie presque institutionnelle qui le poussa à constituer mentalement un début de liste d'écrivains à chien : François Mitterrand, Michel Houellebecq, Michel Déon, Romain Gary furent les premiers noms qui lui vinrent à l'esprit. Et Jacques Prévert... Il avait ainsi le vague souvenir d'une photo de Prévert en train de promener un cocker. Ou était-ce Prévert lui-même qui ressemblait à un chien battu ? Tandis que le Flore s'emplissait d'agents du Komintern du monde de l'édition, tous plongés devant un Perrier tranche dans le supplément littéraire largement financé en sous-main par les éditions du Sémaphore, et cependant que les serveurs dansaient le paso doble de l'addition que les clients se partageaient, il se demanda s'il n'avait pas raté sa vie en transformant le miel en fiel. Plus aucune écriture ne trouvait grâce à ses yeux, il virait à l'aigre. Où en était son désir ? Ne serait-ce que celui d'écrire ?

— Merde, la radio ! fit-il en se tassant soudain.

Bosser un ti peu. Il interrompit Blanchard lancé sans étonnement dans une tirade sur l'auteur de *Moïra* afin de tirer sa révérence. Pour toute réponse, il eut droit à son regard noir de gardien de musée lorsqu'un visiteur s'approche trop près d'une œuvre. Gérard, en revanche... Ému véritablement comme chaque fois qu'ils se quittaient, dans la crainte éternelle que ça puisse être la dernière

8

Il bombait donc sur son scooter. Putain, ce qu'il avait bu ! Il était fou de boire autant… Sur la place Beauvoir-Sartre, après avoir manqué renverser ce qui lui sembla une Japonaise en kimono ou un petit prélat, il dévala la rue Bonaparte pour se retrouver soudain emprisonné comme un damné dans les embouteillages sur les quais. Miroitements de la Seine, rien à foutre. Il hurlait sous son casque. Le problème de la radio, c'est qu'on n'avait pas le droit d'y arriver en retard. Mais qu'est-ce qui lui avait pris d'oublier l'émission, la seule qu'il lui restait ou presque, depuis qu'il s'était fait virer de partout, trop vieux, trop gros, trop moche, trop libre, trop fou et des-troy ? Autour de lui, sa femme, Stéphanie et même sa mère le lui répétaient sans cesse : « Surtout, n'arrête jamais *Le Masque et la Plume*. » Depuis dix ans, pour une rémunération brute de deux cent quinze euros qui n'avait jamais connu la moindre augmentation, il se ren-dait donc un jeudi par mois à l'autre bout de Paris.

Créé en 1955, *Le Masque et la Plume* était un pro-gramme de service public diffusé le dimanche soir à vingt heures sur France Inter et l'*alma mater* de toutes les émissions critiques françaises. Bien qu'elle fasse la pluie et le beau temps en matière de cinéma, de théâtre et de littérature (un sondage publié en 2005 la désignait comme l'émission la plus prescriptrice, toutes radios confondues), elle n'avait été menacée que deux fois au cours de sa longue existence : la première en 1960, au moment de la guerre d'Algérie quand cent vingt et un écrivains, artistes et universitaires avaient signé une pétition réclamant le droit à l'insoumission. Une censure gouvernementale digne du maccarthysme avait alors obligé *Le Masque* à se saborder brièvement. Puis en 1970, lorsque la direction des programmes avait songé à remplacer la tribune critique par une émission de radio-guidage pour les automobilistes rentrant de week-end. Les vives protestations de milliers d'auditeurs avaient fait capoter ce beau projet citoyen.

Depuis 1989, l'émission était produite et animée par Jérôme Garcin. Un type charmant, mais secret, difficile à cerner. Un jour, il avait publié un livre où il racontait qu'il avait vu mourir sous ses yeux, à l'âge de huit ans, son frère jumeau Olivier, renversé par une voiture ; cela avait calmé tout le monde. Depuis, plus personne ne s'interrogeait sur son côté réservé ni ne dénigrait son pouvoir. On avait alors compris qu'il menait une double vie : la sienne et celle d'Olivier. Ce journaliste s'était très certainement imaginé une carrière d'acteur dans son enfance, et avec son physique de gentleman farmer il aurait pu interpréter à la perfection le rôle de l'amant de lady Chatterley jusque dans les scènes les plus olé-olé de l'histoire. *Le Masque*, qu'il animait avec dévotion, était devenu sa véritable scène. La manière dont il prononçait à chacune des émissions *Le Masque et la Plume* en disséquant les syllabes dans une opération à cœur ouvert du langage, l'intonation bien calée sur le piano de Daniel Barenboim interprétant *Romances sans paroles* de Mendelssohn, paraissait un véritable algorithme. Certes, il aurait pu enregistrer ce générique une fois pour toutes. Mais en l'écoutant, et plus encore en le regardant faire, on comprenait que Jérôme Garcin éprouvait chaque semaine la satisfaction du cambrioleur qui, en ne se fiant qu'à son oreille, perçait la combinaison d'un épais coffre-fort : la jouissance de la langue.

Merde, pour ne rien arranger, voilà qu'il se mettait à pleuvoir. Et pas qu'un peu. Mais en empruntant à fond, sur une distance non négligeable, les pistes cyclables récemment aménagées pour les touristes le long des quais de la rive gauche, sous un déluge qui rendait floue la circulation ralentie, il finit par rallier plus vite que prévu la Maison de la radio. Celle qu'on appelait aussi la Maison ronde se situait dans un no man's land de l'ouest de Paris, à l'allure de zone périurbaine, comme si elle était le centre d'un maléfice, d'une pollution électromagnétique nécessitant l'instauration d'un périmètre de sécurité. Sans doute le quartier le plus triste de la capitale. Dix-neuf heures trente-sept. Il avait encore le temps de s'en jeter un au Bar des Ondes, le seul endroit civilisé du coin. Vu ce qu'il s'était ingurgité au Flore, il n'en avait pas besoin, mais on va dire l'habitus... Tous ceux qui étaient passés à la radio ou à la télé depuis cinquante ans avaient par ailleurs pris un verre dans cet établissement : éditeurs flamboyants, romanciers soufflés tels des bougies après trois romans, reporters de guerre, journalistes de la presse écrite, professeurs chagrins, ministres douteux ayant des comptes en Suisse et des femmes gagnées aux dés dans les DOM-TOM, intellectuels aux ordres du pouvoir économique par souci d'argent, si bien décrits par Charles Maurras et Paul Nizan à trente ans d'écart dans *L'Avenir de l'intelligence* et *Les Chiens de garde*. Et puis, aux Ondes, les croque-monsieur étaient inoubliables.

Dix-neuf heures quarante-cinq. Il régla sa consommation et se dirigea vers la Maison ronde. Depuis dix ans qu'il intervenait à la tribune du *Masque*, il avait ses petites habitudes. D'abord, s'en griller une dernière dans un atroce fumoir en forme d'abribus. Ensuite aller pisser un coup dans les chiottes du service public où il n'y avait jamais de papier hygiénique. « Pierre Desproges a fait caca ici », pensait-on avec nostalgie. Puis, toujours aussi impressionnante, c'était la descente dans l'arène du studio 105. Le public était là, et quel qu'il fût il fallait l'aimer. Sans lui, l'émission n'aurait pas été possible : elle aurait plané dans le vide. D'ailleurs, romantique comme il l'était, il imaginait toujours une femme amoureuse de sa voix, une brune tant qu'à faire, plutôt grande, avec des yeux en amande protégés par de longs cils, qui aurait fait spécialement le déplacement pour le voir. C'était bien sûr le spectre de Michèle. Il pensait ne pas avoir enregistré une seule fois *Le Masque* sans s'être dit qu'un jour elle viendrait sous une forme ou une autre, angélique ou mortelle, afin de vérifier qu'il était resté fidèle à l'idée de la littérature telle qu'elle la lui avait inoculée autrefois, à Tours.

Dix-neuf heures cinquante-cinq. Il salua d'assez loin les trois autres critiques présents, car il ne voulait pas qu'ils sentent son haleine lourde. En revanche, difficile d'ignorer Jérôme Garcin. En s'installant à sa place habituelle, à l'extrême gauche de la table en demi-cercle, il crut pouvoir se contenter d'un petit signe sympa de la main à son endroit, les doigts mous et en éventail pour signifier : « Je ne t'embrasse pas, j'ai la grippe. » Tu parles ! Garcin, qui lui rappelait souvent les plus terribles profs qu'il avait eus à l'école, l'attrapa par la manche.

— Il y a un problème, lui dit-il. J'ai reçu énormément de courrier concernant ton intervention à propos de James Ellroy. Des centaines de mails. Il faut absolument que tu répondes.

Nom de Dieu ! Ellroy. C'était loin, ça. Il feuilleta en vitesse le bottin de ses souvenirs, trop volumineux hélas pour tomber aussitôt à la bonne page. Ellroy, Ellroy, Ellroy... C'était quoi, déjà, le titre de son dernier bouquin ? Garcin devait se tromper... Il n'avait pas pu en dire du mal, impossible... Il adorait James Ellroy, ce Dostoïevski du polar, cette espèce de Tolstoï US, limite nazi à ses heures, mais en chemises hawaïennes, ce qui changeait tout... Un type terrible, une machine à grande fiction, un écrivain-fleuve, en crue permanente

Garcin continuait de le regarder droit dans les yeux.

— Ta théorie du complot est très mal passée. Je ne devrais pas te le dire, mais il y a même une lettre de l'ambassadeur... Te voilà prévenu.

Vingt heures. Quel ambassadeur ? Quelle théorie du complot ? Il n'eut pas le temps de se poser la question. Tombant de la régie, *Romances sans paroles* envahissait déjà le studio 105. Pincement au cœur. Une nouvelle fois, Garcin prononça *Le Masque et la Plume* avec la dextérité d'un lanceur de couteaux.

Vingt heures cinq. Après avoir lu quelques mots d'auditeurs aimables et sans intérêt, Jérôme lui jeta un regard.

— J'en viens maintenant aux très nombreux messages que j'ai reçus à propos du roman de James Ellroy, *Underworld USA*, ou plutôt de ce que vous en avez dit, les unes et surtout les autres... Celle-ci, par exemple : « La lecture gauchiste et insane que votre critique a faite du dernier roman de James Ellroy est indigne du service public. Je ne vous remercie pas. » Et c'est signé : « Quelqu'un qui paye sa redevance. » Une autre, presque au hasard : « J'aime beaucoup votre émission, que j'écoute très régulièrement en podcast depuis Port-au-Prince. Pour moi, elle a toujours été d'un immense réconfort au milieu des épreuves que mon pays traverse depuis tant d'années. Mais prétendre, comme l'a fait un de vos participants dont je préfère omettre le nom, que la tragédie qui a récemment touché notre île n'aurait pas été une catastrophe naturelle mais, je cite, un "phénomène créé par les Américains à l'aide d'une machine tout droit sortie d'un mauvais roman de science-fiction" est une idée aussi absurde que terriblement choquante. Au nom de toutes les victimes haïtiennes et de leurs familles, j'exige des excuses. »

Ça y est, cela lui revenait. Comment s'appelait-elle, déjà, cette foutue machine à tremblement de terre ? Ah oui, Pamir.

Puis Garcin, sans plus s'intéresser à lui, se saisit d'une ultime lettre.

— Et là, dit-il, je crois que c'est unique dans l'histoire du *Masque*, j'ai reçu cette missive officielle qu'il est de mon devoir de vous lire intégralement : « Qu'ils s'appellent Henry Kénol, Yannick Lahens, Kelly Mars, Gary Victor, Évelyne et Lyonel Trouillot, et qu'ils habitent notre pays ou bien qu'ils se nomment Marie-Cécile Agnant, Edwidge Danticat, Joël Des Rosiers, Émile Ollivier, Stanley Péan, Dany Laferrière ou Louis-Philippe Dalembert et qu'ils résident actuellement loin de leur patrie, Haïti est et restera toujours une grande terre d'écrivains. Dans votre dernière émission, l'un de vos chroniqueurs s'est permis de les insulter de façon ignoble. En leur nom, j'ose espérer que *Le Masque et la Plume*, ce phare qui porte si loin, si fort et depuis si longtemps le rayonnement culturel de la France, saura effacer cet affront. Ainsi que l'a écrit l'immense Aimé Césaire : "Même le crayon de Dieu n'est pas sans gomme." » Et, conclut Jérôme Garcin d'une voix sépulcrale, cette lettre est signée Fritzner Gaspard, ambassadeur d'Haïti en France.

Un jour qu'ils déjeunaient ensemble, son grand fils Paul lui avait demandé s'il lui était déjà arrivé de dire une grosse connerie à la radio. « Non, lui avait-il répondu, mais c'est mon plus grand cauchemar. »

Vingt heures quinze. Il aurait été incapable de dire ce qui l'engourdissait le plus, de l'alcool ou du désespoir. Il dut marmonner quelques excuses. Affirmer que, bien qu'il la connût fort mal, il éprouvait le plus grand respect pour la littérature haïtienne ; il avait adoré *Bicentaire* de Lyonel Trouillot et n'était pas loin de voir en Dany Laferrière un véritable Richard Brautigan des Caraïbes. Il avança encore deux ou trois choses pour sa défense, puis se tut.

Le reste de l'émission lui laissa la sensation d'un mauvais rêve. Comment dire ? Il n'avait plus les jambes. Même lorsqu'on finit par évoquer l'essai de Michel Onfray sur Freud, il n'osa pas sortir de ses gonds ainsi qu'il avait prévu de le faire, et se contenta de piques assez formelles. (Il faudrait qu'il rende son argent à Bob.) Il était complètement déstabilisé, anéanti, annihilé. Si bien qu'il laissa ses camarades critiques faire le show, ce qu'ils accomplirent avec la légèreté érudite qui avait toujours été la leur, mais qui lui paraissait ce soir-là encore plus étourdissante. Ils avaient à cœur de laver de suite la réputation de l'émission. Jamais cuistres, leurs mots d'esprit fusèrent ainsi pendant cinquante minutes à propos de tout et de rien, et parfois même de littérature. Le public du studio 105 se gondolait de rire. Pour lui, c'était une émission sinistre, à oublier au plus vite. Mais pour les quelque huit cent mille fidèles auditeurs du *Masque*, elle demeurerait dans les annales.

9

C'était important pour lui, *Le Masque et la Plume*, car ça venait de l'enfance. Sa mère qui regardait le film du dimanche soir à la télé sans se douter de rien, pendant que lui se calfeutrait dans son lit pour écouter l'émission en secret. Pas religieusement, ce n'était pas son truc. Mais avec une attention professionnelle ou presque, déjà. Le programme n'allait pourtant pas chercher midi à quatorze heures : des critiques qui se réunissaient dans un grand studio, avec du public, pour parler de films, de livres, de théâtre... Toutefois, quand c'était théâtre, il préférait redescendre en pyjama voir le film en compagnie de sa mère qui faisait du repassage devant le poste, avec le bruit sifflant du fer au contact de la pattemouille.

La mystérieuse fonction qu'exerçaient ces gens était ce qui l'attirait le plus. Ils riaient et se disputaient, parfois violemment, comme si quelque chose de grave était en train de se dérouler ; sorte de guerre dont il ne comprenait ni les tenants ni les aboutissants. N'empêche, il aimait le ressac de phrases que ça faisait dans le transistor.

L'émission ne lui paraissait jamais aussi réussie que lorsqu'un critique agitait l'antique chiffon rouge, aussi mâchouillé qu'un doudou d'enfant, de l'honneur. Celui qu'il y avait, par exemple, à défendre Jean-Luc Godard ou Jean-Philippe Toussaint contre la bande ignare et réactionnaire de ceux qui ne les aimaient pas. L'écoute du *Masque* l'avait construit, étayé pour une vie entière. Plus tard, il défendrait toujours les modernes contre les anciens. Il aimerait sans hésiter les innovateurs, les inventeurs, les fous et les idiots ; ce qui était à l'arrivée un bon résumé de la modernité à toutes les époques. Car si la question de l'esthétique en tant qu'expression supérieure à la politique n'était pas tranchée pendant cette heure de radio ainsi qu'elle pouvait l'être par exemple durant un cours de philo en hypokhâgne, elle planait toutefois au-dessus de l'émission tel un jouet, une épée de Damoclès en plastique rouge. L'auditeur novice qu'il était, surpris voire agacé par tant de foi, même teintée de jésuitisme, finissait par admettre dans une sorte d'attraction-répulsion, à l'instar d'animaux exotiques qu'on regarderait remuer derrière les vitres d'un vivarium, que le cinéma ou la littérature devaient être l'unique raison de vivre de ces mammifères-là, les critiques. Il était fasciné.

En même temps, il y avait quelque chose de dégoûtant dans cette existence exclusivement consacrée à ingérer les œuvres des autres. Surtout pour un jeune. Cela ressemblait à un boulot de vieux, une sempiternelle mastication de mets plus ou moins goûteux, plus ou moins alléchants. Comme si le critique était en fait une espèce de cobaye, une oie à gaver, un rat de laboratoire.

Enfermé dans sa cage, tournant en rond dans cette vie qui, elle aussi, pouvait se critiquer avec ses avenues qui se terminaient en impasses, mais aussi, à l'image de Paris, ses passages sombres qui débouchaient parfois sur de lumineux boulevards.

Le jeune homme imaginait ainsi la vie de critique : payé trois francs six sous pour des tests scientifiques commandés par les patrons de l'industrie des loisirs, ces dealers de produits culturels. Chaque semaine, ces derniers se retrouvaient dans d'immenses bureaux, face à des Powerpoint. Les créatifs de Pixar ou de Sony, les pédo-scénaristes de Disney, les pontes de Hachette et ceux de chez Knopf, les producteurs d'Universal et de HBO... Ou bien encore, dans sa rêverie, les ingénieurs en âme humaine, ainsi qu'ils aimaient à se surnommer, de Metaphore, Inc., devenue en l'espace de vingt-cinq ans l'un des plus gros fournisseurs au monde de culture globalisée.

Au siège de Sacramento, Jeannie Morris, l'une des trois directrices adjointes du secteur « prospective » de Metaphore, se trouvait justement en train d'animer une réunion au sommet.

— Je vous présente notre nouveau produit. Cela s'appelle du porno glam underground. Il s'agit de musique au départ, mais rassurez-vous ça se décline facilement en films, livres, BD, jeux vidéo, etc. C'est un phénomène ultramarginal, qui vient juste d'être repéré sur la côte Ouest, même si un laboratoire de sociologie de Sydney, qui n'avait rien découvert depuis AC/DC, en revendique à son tour la paternité. On rigole, minauda Jeannie, mais en mentionnant les Australiens je vous mets la puce à l'oreille. Autant vous le dire tout de suite : d'après nos études en laboratoire, le porno glam underground est une substance extrêmement puissante. De la BOM-BE. Chez les dix-huit/vingt-cinq ans, ça peut facilement vous arrêter une intifada ou une crise des banlieues en plein vol, tellement c'est fort ! Bien sûr, une page Wikipédia rédigée par nos services sur le porno glam underground est déjà en chantier dans vingt-sept langues, parmi lesquelles le wolof, le corse et le basque. Je propose donc qu'avec un produit aussi puissant en notre possession, puisque je rappelle que le porno glam underground est désormais une marque appartenant à Metaphore, on applique le principe de précaution. Avant d'envisager sa commercialisation, nous devons le tester sur un échantillon représentatif de la population. Certes, nous connaissons l'axiome de Kemp : « Tout excitant culturel est un anesthésiant social et politique. » Mais j'ai malgré tout envie de dire : Méfions-nous de l'eau qui dort. Il ne s'agit pas non plus de se retrouver avec une nouvelle bande de hippies décérébrés sur les bras. Nous préférons nettement tous, je crois, des zombies, conclut Jeannie Morris avec son grand sourire chevalin.

— Les zombies et les vampires, c'est comme le SM, ça marche toujours, lâcha soudain PD James Taylor.

PDJT était le grand manitou de Métaphore Inc., qu'il avait fondé tout seul, à la fin des années 80, avec le maigre apport financier d'une de ses grands-mères.

Archi-milliardaire aujourd'hui, il assistait à la réunion d'assez loin, sur Skype, depuis son Sam Suffit Pas.

Ainsi appelait-il la pagode en acier brossé qu'il avait fait construire sur Mulholland Drive avec une *vraie* rivière de diamants qui ruisselait dans le lobby, et sa fameuse fusée ascenseur qui desservait en moins de cinq secondes les sept étages du bâtiment dont la plupart de ses employés, pour ne pas dire tous, avaient vu des photos sur Facebook.

Mais pour l'instant, dans la petite lucarne luminescente de leurs ordis, tout ce que les dirigeants de Metaphore Inc. pouvaient voir de leur patron, c'était son mug des Simpsons placé juste devant la tache rousse de sa grande barbe de néofolkeux à la Will Oldham.

— Voilà des produits sûrs, continua PDJT. Le SM, les vampires : chaque fois qu'on les a relancés, ça a tout de suite fonctionné. Inutile, j'imagine, de vous faire la liste de nos récents succès en la matière. Mais surtout, mes amis, n'oubliez jamais ceux qui nous financent. Ils comptent sur nous. Alors soyez cool.

Ce bref laïus plein de simplicité mit tout le monde dans ses petits souliers.

Il n'était pas facile de reprendre la parole. Pourtant, Cyrius Longwy, un brave type qui bossait au département si honni de l'art contemporain, osa se lancer.

— Et si on essayait pour commencer le produit sur les critiques ?

Brouhaha dans la salle. Ah non ! Surtout pas ! Pas eux ! Pas ces cons ! En plus, ils sont tellement blindés, on leur a fait avaler tellement de merde, plus que n'en peut contenir une pâtisserie Ikea, qu'on n'est même pas certains qu'ils réagissent encore normalement aux produits !

Et tout le monde d'ajouter son grain de sel à la conversation et de se mettre à raconter à son voisin sa plaisanterie favorite sur les critiques.

— Tu sais comment on reconnaît un critique dans la nuit ? Il brille, ce con.

Pour s'extirper du marasme instauré par la tirade de PDJT, chacun en faisait maintenant des tonnes, ça dégénérait un peu.

— Tu sais ce qui est vert, qui monte et qui descend ? Un critique de cinéma en train de regarder un film de James Cameron dans un avion.

Etc.

Si bien qu'en claquant dans ses mains le vieux Longtall Sally ramena l'ordre. Tous ici le vénéraient et considéraient qu'il était un sage. À l'âge de vingt-deux ans, alors qu'il n'était que sous-directeur de la filiale de Metaphore Inc. à Seattle, Longtall avait inventé le grunge. Bien des années plus tard, il avait imposé, à l'issue d'un brainstorming dont la légende disait qu'il avait duré cent cinquante-trois heures, le nom de Lady Gaga à tous ceux qui n'en voulaient pas, et ce parce que *Radio Gaga* de Queen faisait partie du top 5 de ses chansons préférées. Et puis Longtall était enfin ce héros qui avait arrêté la coke du jour au lendemain, à quarante-six ans, sans l'aide de quiconque. Oui, c'était vraiment *Print the legend*, Longtall Sally.

— Cyrius a raison, asséna-t-il. Commençons par essayer votre porno machin chose sur les critiques. Est-ce que quelqu'un connaîtrait par hasard un blogueur influent, assez ramollo du bulbe pour allumer la mèche ?

Une espèce de Hunter Thompson du pipi caca, sur le segment batcave, ce serait assez génial... Quelqu'un a ça en stock ?

À quinze ans, intégrer *Le Masque* n'était pas non plus son rêve le plus intense. Tant qu'à faire, il aurait préféré être rock star. N'empêche qu'à l'autre bout du spectre, la vie critique, avec l'espèce de colossale passivité qu'elle paraissait exiger, faisait songer à une vie de rock star *crème renversée*. Sans tous les plaisirs inhérents sans doute, mais sans les inconvénients. Un critique pouvait se balader tranquillement dans la rue : aucun d'entre eux n'était célèbre. Être payé à lire des livres, voir des films, écouter des disques... Bien sûr, tout cela n'était pas encore très clair dans son jeune esprit. Mais le métier représentait pour lui un immense pas de côté par rapport à la vraie vie, de laquelle il cherchait déjà à se faire exempter comme du service militaire. Oui, l'écoute du *Masque* durant son adolescence marquait sans doute la période où la vie critique s'était constituée face à la vie réelle avant de s'y opposer.

Si bien qu'il s'y entraînait. Le dimanche soir, deux mots liés de façon si épouvantable dans son esprit qu'il fallait bien les exorciser d'une manière ou d'une autre, il cherchait le sommeil en singeant l'émission. Il ne la refaisait pas, non ; il en imaginait une autre avec des œuvres de son invention et des auteurs dont il créait le nom. C'était un jeu, bien sûr, mais il ne l'aurait jamais raconté à personne. Car ce qu'il faisait à ce moment-là était **pervers**, il le savait bien. Cela portait un nom qu'il

127

ne voulait ni connaître, ni admettre : de la masturbation intellectuelle. Oui, il se branlait le cerveau. Oui, il se l'astiquait, se le pignolait. Quels autres mots vulgaires pour raconter ce qu'il faisait ? Lorsqu'il deviendrait journaliste en presse écrite, il se spécialiserait d'ailleurs très vite dans ces articles qu'on appelle du « jus de cerveau » dans le jargon du métier. Il fabriquait des phrases, des piques, des plaisanteries, des mots d'esprit... Le Witz... Freud... Le mot d'esprit et ses rapports avec l'inconscient... « L'humour est la contribution au comique par l'intermédiaire du surmoi »... Qu'est-ce que Onfray pouvait comprendre de ça, lui qui n'avait jamais dit ou écrit une seule chose drôle ? En tout cas, cette manière qu'il avait eue, très jeune, de jouir de son cerveau en paraphrasant la nuit les critiques de l'émission, expliquait qu'il se soit intéressé plus tard au SM.

Le SM prenait en effet la forme, à bien des égards, d'une sexualité sans sexualité, d'une *cosa mentale*. Pratique qu'il avait découverte par hasard durant ses années universitaires à Paris, d'abord avec Emmanuelle, une très grande fille assez masculine qui avait vécu des rapports incestueux et l'avait immédiatement dominé... Puis avec Célia, qui lui posait trop souvent la question : « Tu tapes avec combien de doigts ? » On s'en faisait toute une montagne du SM, mais pour le peu qu'il en avait vécu ce n'était pas grand-chose : du cérémonial surtout, des saynètes, de la petite et sombre théâtralité. Des mots plus que des maux. Des contrats, des scénarios, des récits de séance, des cahiers de punition remplis d'obscénités à l'écriture ronde et enfantine, avec de belles majuscules. Du jus de cerveau.

À cet endroit de son récit, il valait mieux qu'il en convienne : il avait désiré devenir critique. « Aucun adolescent n'a jamais voulu être critique », disait François Truffaut. Eh bien si. Peut-être même plus qu'écrivain, à cette saison-là de lui-même. Écrivain, juste en rêve, cela viendrait des années plus tard quand il finirait par s'habituer à sa solitude, de la même manière qu'on finit par aimer un chat en particulier quand on n'aime pas les chats en général. Et s'il avait connu à ce moment-là de son existence cette phrase de Karl Marx : « La critique n'est pas la passion du cerveau, mais le cerveau de la passion », il l'aurait sans doute signée des deux mains. Ce métier lui faisait envie. Lire des bouquins, écouter des disques, aller voir des films en projection privée. Bosser un ti peu. Tricoter des phrases. Conjuguer le verbe détester. Forger des sarcasmes au fer à dessouder. Passer l'après-midi au soleil dans les jardins du Palais-Royal, sur une chaise, près du bassin, à chercher un mot d'esprit qui tuera, dimanche soir prochain. En sniper enfant qui n'aurait pas saisi, pauvre de lui, le principe de survie d'un sniper : ne jamais rester trop longtemps au même endroit. Mais, en attendant, nourrir l'esprit de toute une population en goûtant avant elle son ragoût artistique, sa potée culturelle. Dessiner un inconscient collectif, le soutenir, le former par des conseils de lecture. Ne jamais rien laisser passer du goût de l'ennemi. Lire, vivre et conjuguer le verbe aimer.

10

Ce premier lundi de juillet, au soleil radical, sa mélancolie ne pouvait pas s'expliquer par le fait qu'après un long dimanche de pâles ruminations, la phrase « J'encule Jean-Luc » était encore ce qu'il avait trouvé de plus proche d'un palindrome. Puis, dans l'après-midi, il avait craché sur un clown, une anecdote ne valant qu'un paragraphe.

Il marchait donc dans ses pensées sur le boulevard de Bonne-Nouvelle, totalement à l'ouest en direction de la salle des ventes de Drouot, quand soudain un clown de l'espace public, rémunéré par la Mairie de Paris et profitant de façon malhonnête de sa distraction, surgit tout à trac à ses côtés et l'effraya pour de bon. Le critique littéraire sursauta de frayeur, on le comprend. Puis il entendit autour de lui rigoler la foule des badauds – sur le thème « Quel cirque en vrai la vie » ou quelque chose de ce genre, car il ne pouvait que supputer. Mais, au lieu de rire de son étourderie avec toute la communauté visible des siens, notre ami réagit mal et cracha à la face du clown un lourd glaviot, lequel roula sur la joue du sinistre auguste en effaçant pour partie son maquillage blanc infect. Lâchement, le critique s'enfuit alors à toutes jambes, craignant l'esclandre et l'intervention des forces de l'ordre car il n'était pas non plus sans savoir que ces clowns de rue financés avec l'argent du contribuable étaient aussi, pour la plupart, des auxiliaires de police et des indicateurs... Plus tard, il écrirait sur le sujet une courte nouvelle qu'il n'achèverait jamais.

Pour se calmer, il but un calva cul sec dans un bistrot, puis un deuxième. La serveuse était penchée pour faire la plonge et il avait un point de vue miraculeux sur ses seins. Parfois, elle se relevait pour aller touiller une omelette qui cuisait derrière elle sur un petit réchaud. C'était une créature merveilleuse. Il franchit donc le pas et lui demanda si elle connaissait le clown qui sévissait dans le quartier. Elle lui répondit d'une petite voix limonade, pétillante mais sobre, sucrée, qu'il n'y avait pas de clown par ici.

— À part vous, peut-être, ajouta-t-elle en clignant d'un œil dans les verts.

Il paya ses calvas, non sans lui laisser un pourboire à la Gérard.

Lorsqu'il en avait marre de lire ou d'écrire, c'est vers la salle des ventes de Drouot que ses pas le portaient. Il s'imaginait André Breton chinant. « Je cherche l'or du temps. » Orpailleur d'ailleurs. Quel musical pays que celui des objets accordés ! Voici justement une salle pleine de mélodies, consacrée à des bijoux. Exposition sertie de mille fictions. Bague pompadour en or deux tons centrée sur un saphir coussin de huit carats. Bracelet serpent rigide en or jaune, les yeux du reptile plantés d'émeraudes. Paire de dormeuses en or deux tons surmontées d'une aigue-marine. Métonymies de cous, de poignets, de lobes d'oreille surgissant là comme des mirages, derrière les écrans de verre. Une broche en or et platine stylisant une gerbe de blé sertie de diamants et saphirs. Bracelet rivière pavé d'émeraudes ovales. De son vivant, Monsieur X aimait à couvrir de bijoux tant sa femme que sa maîtresse. Lorsqu'il mourut, elles tombèrent dans les bras l'une de l'autre. Un premier lot fut vendu pour s'offrir une croisière. Collier en or jaune composé de maillons filigranés, avec au centre une guirlande de roses ciselées serties de perles bouton. Elles prirent des amants, et enfantèrent tour à tour deux garçons qu'elles élevèrent ensemble, et qui deviendraient les deux plus célèbres gigolos de Paris. Montre d'homme Piaget, boîtier rectangulaire en or jaune, signée et numérotée, bracelet requin rouge. Bague en or gris avec un zircon bleu de sept carats environ épaulé de diamants en ligne. Ce sont eux, aujourd'hui, qui vendent ce deuxième lot pour régler d'importantes dettes de jeu, et peut-être s'acheter un château près d'Issoire. Sautoir en or jaune tressé, orné de boules de quartz œil-de-tigre. Bracelet en or repercé de rosaces et serti d'améthystes cabochon...

La salle d'à côté, c'étaient des tableaux, des bibelots, des livres, des instruments de musique, des vêtements ombragés sur des cintres... Une maison dévalisée, une existence autrefois compacte, pleine d'une cohérence ensoleillée qui serait dispersée demain. Il gratouilla une guitare, au milieu des badauds et des vautours. On repérait ces derniers à la discrétion de leur œil aguerri, à leur regard spéculateur de brocanteur qui revendrait demain dix fois le prix ce qu'il achèterait aujourd'hui. Une femme essaya un manteau et on l'eût dite soudain recouverte de la cape d'un fantôme. Dans toutes ces choses à l'encan, il y avait une âme involontaire qui criait, qui suppliait. Un orphelinat d'objets, de parures abandonnées, de brimborions pleurnichards et emprisonnés. À traîner dans les salles de Drouot, on entendait gémir ces meubles mal-aimés, ces aquarelles délaissées, ce piano en instance de divorce, ces vases hydrocéphales et égarés... Un parfum lourd sourdait de ces faillites où l'on reconnaissait le drame de destins qui s'effilochaient en fibrilles, ne tenaient plus debout, réclamaient pitié, pitance, encore piété. Même les plus laids, il fallait un cœur de pierre pour résister à l'envie de les adopter et de rêver une vie entière en leur compagnie consignée. De ces visites, il ressortait transpercé d'aspirations illégales à posséder, achalandé qu'il était de fictions à quat'sous où il se demandait à qui aurait pu appartenir dans un avenir d'avenir ce service de couverts en argent, cette poupée vaudoue, cette photographie de Picasso déguisé en Landru...

Il prenait ensuite l'escalator pour se rendre en salle des ventes. Le gémissement des objets vendus était bref et haletant ; le marteau du commissaire-priseur tombait sur des piaillements aigus. Adjugé, vendu. Les charognards se tenaient au fond de la salle et personne ne pouvait les voir surenchérir ; ou au contraire au premier rang, où ils prévenaient l'adjudicateur d'un signe discret, moins qu'un doigt, un simple tour particulier, presque liturgique, du poignet. Quant aux badauds, les petits amoureux de l'art pour l'art, désireux de s'offrir quelque éloquente babiole, ils se trouvaient au milieu de la salle, autant de ploucs manipulés. Sensibles aux tableaux ridicules et sans valeur, aux théières ébréchées, aux éventails piteusement peints, c'est eux qui feraient monter les enchères des lots que les charognards abandonnaient. Ces amateurs étaient le ventre mou de la vente, son beurre, son condiment bien con. Mais le sourire émollient d'un de ces songe-creux venant d'acquérir une pièce à deux ou trois fois sa valeur sauvait ces ventes de leur tristesse spéculatrice.

Il n'avait pas d'argent, on l'a dit. Et c'est en ornithologue plutôt qu'en chasseur qu'il regardait les enchères s'envoler. Un jour pourtant, on vendait des toiles de peintres russes réfugiés à Paris dans les années 30. La veille, à l'exposition, il avait noté parmi les croûtes un nu qui lui plaisait. Il y avait dans ce tableau sans grande qualité une coquinerie néanmoins bien rendue ; et la sensualité amusée du modèle, une brune allongée, petits seins, tout en tendons, lui avait plu. Il l'aurait bien vue dans son bureau, en compagne des jours mauvais. Le lendemain, il attendit que l'on présente le lot à la vente. Celles-ci étaient de véritables courses d'endurance, s'étalant souvent sur quatre ou cinq heures. Enfin, la toile arriva. Elle fut présentée de façon succincte par le commissaire-priseur qui fit une plaisanterie inutile sur son caractère leste, le nom du peintre étant inconnu. De nouveau, il fut enchanté par la légèreté du tableau, et frappé par la façon dont l'artiste avait su compenser son absence de génie par une fraîcheur qui avait résisté au temps. Le prix de départ était de cent cinquante euros. Il se surprit à lever le bras. Ou plutôt il surprit son bras en train de se lever. Quand plus tard il analysa la situation, il comprit que son bras s'était autonomisé de la partie raisonnable de son cerveau, qu'il s'était levé en une sorte de mouvement impulsif et réflexe, à l'image d'un geste défensif. Cela lui rappela ces séances sadomasochistes quand les soumis sous l'emprise de leur Maître ou de leur Maîtresse paraissaient agir de façon mécanique, à la manière de poupées ou d'automates, dans ce qui ressemblait à un apprivoisement du plaisir.

Il prit peur quand il entendit, à sa plus grande surprise, le commissaire-priseur aboyer :

— Deux cents à ma gauche, deux cents, qui dit mieux ?

Il aurait aimé que le marteau retombât sur son offre, moins pour acquérir la toile que pour en finir avec cette situation gênante, ce comportement étrange, qui plus est en public, où il n'avait plus de contrôle sur ses pulsions. Hélas, quelqu'un surenchérit... On en était à deux cent cinquante lorsque son bras le trahit encore, en un mouvement flou, plus hésitant qu'avant. Mais le commissaire, en professionnel roué à ce genre d'émotions, l'avait à présent dans le collimateur ; il le piégea sur-le-champ en annonçant trois cents. Il rougit. Il se sentait patauger dans son désir au su de tous, c'était indécent. Oui, il avait envie de cette toile. Oui, il l'affirmait en public. Mais jusqu'où était-il prêt à aller pour elle ? Eh bien, c'est ce qu'on verrait… Tous les regards étaient posés sur lui, sur le tison de son envie. Une nouvelle fois, le commissaire-priseur émit un propos gras au sujet de cette personne dénudée qui déchaînait les passions dans la salle. Et les enchères bondirent d'un coup à quatre cents euros. Les yeux du commissaire-priseur s'étaient fixés sur lui.

— Quatre cents euros, répétait-il d'une voix insidieuse.

Il frissonna. Tout allait trop vite. Quatre cents euros, c'était la limite qu'il avait posée à son désir au tout début de l'enchère, l'endroit où il s'était dit qu'il sombrerait à ses propres yeux dans le ridicule, tel un personnage dostoïevskien acculé par son vice. Il imagina son bébé privé de lait, de couches. Il envisagea le regard de sa femme si jamais il rentrait avec cette toile sous le bras. Pourtant, son bras le démangeait. C'était si simple ! Il suffisait de le lever pour en finir avec la frustration et la raison, le sempiternel stoïcisme de sa conduite. Quelque chose hurlait en lui de devenir fou juste une fois dans sa vie, de céder à ses pulsions honteuses, d'en finir avec l'austérité qui à de rares exceptions près avait toujours régenté son existence. Le commissaire-priseur continuait de le fixer.

— Quatre cents euros, qui dit mieux ?

L'homme le jaugeait, le jugeait. Petit joueur… Quidam… Simple hère… Il attendit le temps nécessaire, celui de le faire assez souffrir, avant d'abattre son marteau.

— Une fois, deux fois, trois fois, adjugé, vendu !

11

« Une jeune fille belge qui écrit comme une étoile. »
Il songea à Amélie Nothomb en lisant cette phrase dans
Anvers, une œuvre de jeunesse de Roberto Bolaño qu'il
avait dénichée dans la fantasque, merveilleuse, mal rangée, brusque, poétique, toujours inopinée bibliothèque de
Gérard. Son pote l'avait invité à passer quelques jours de
vacances dans la superbe demeure qu'il venait de s'offrir
au beau milieu des vignobles de Cognac, avec les droits
d'auteur de ses chansons pour Julien Clerc.

Le hameau où se situait la maison portait un nom que
Jean-Luc Godard aurait pu donner à une suite d'*Alpha-
ville*.

Il s'appelait Nonaville.

Il lisait dans le jardin, assis sur un banc, au soleil.

Des oiseaux se pépiaient des noms d'oiseaux dans les
arbres.

Cela changeait tout.

À Nonaville, il recommença à lire enfin pour lui. De
la rentrée littéraire qui s'annonçait, il n'avait emporté en

tout et pour tout que deux livres. Dans la mesure où il était précédé d'une rumeur très flatteuse, il avait glissé dans ses bagages un roman corse écrit directement en français ; ainsi que le livre d'une critique littéraire qui s'était enfin décidée à passer à l'acte et qu'il avait déjà à moitié lu pendant le trajet entre Paris et Angoulême. En fait, il s'agissait non pas d'un roman, étiquette que l'on collait de nos jours partout et sur n'importe quoi, mais d'un récit autobiographique où sa collègue racontait comment l'homme de sa vie, un photographe, atteint d'une maladie rare, la cellulite cervicale, avait été plongé dans un long coma chirurgical. Tout à fait le style de bouquin qu'il détestait d'ordinaire ; de plus, son hypocondrie lui interdisait ce genre de lecture. Même en imagination, il ne voulait pas attraper ce truc au nom répugnant. Mais avec beaucoup d'habileté, une certaine légèreté, et pas mal de liberté, l'écrivaine réussissait à dérouter tout le pathos de son histoire et à transformer ce qui n'aurait été qu'une énième leçon des ténèbres en une chanson d'amour aux couplets subversifs, au refrain lascif. Bon, il le finirait un de ces jours… Là, il lisait pour lui.

Avec Richard Brautigan, Édouard Levé, Hervé Guibert et Guillaume Dustan, Roberto Bolaño complétait son top 5 des écrivains de ces cinquante dernières années morts beaucoup trop tôt à son goût. Cette manie des listes, il faudrait bien qu'il la perde aussi un jour, ce qui pouvait aller beaucoup plus vite que le verbe ne le laissait entendre. En attendant, son inclination pour les classements lui faisait penser à un roman de Mathieu Lindon intitulé *Merci*. Il racontait comment un champion du monde de tennis (l'une des passions du fils de Jérôme Lindon, sur laquelle il avait longtemps écrit de formidables articles dans les pages « Sports » de *Libération*) décidait un jour, las d'être encore et toujours le meilleur dans sa catégorie, d'en changer et de se lancer en littérature. Dans les premières pages du livre, au demeurant un véritable *page turner*, le meilleur ami du tennisman le prévenait : « Attention, lui annonçait-il. La grande différence entre le tennis et la littérature, c'est qu'il n'y a pas de classement ATP en littérature. On ne sait pas qui est le meilleur. Toute la beauté de cette compétition. »

Roberto Bolaño écrit *Anvers* en 1983, alors qu'il n'a pas encore abandonné l'idée d'être poète ; il ne s'y résoudra qu'une dizaine d'années plus tard, passant une fois pour toutes au genre romanesque afin de nourrir les siens. Quelle abnégation. En même temps, se dit le critique, quelle meilleure raison d'écrire que la paternité et la responsabilité d'une famille ? Roberto Bolaño avait fait un cheminement identique à celui d'Henri de Régnier, poète symboliste qui, tardivement, vers la quarantaine, s'était mis lui aussi à fabriquer des récits. La littérature, c'est comme la marine. L'une est marchande et l'autre est de guerre.

Beaucoup plus rares étaient les poètes qui, pour gagner leur pitance, s'étaient transformés en critiques littéraires. C'était néanmoins le cas de Sainte-Beuve et de son alter ego britannique, le poète Matthew Arnold, deux hommes devenus amis et dont la postérité, avec sa sale gueule d'intendant général, avait effacé d'un même revers de main les vers pour ne retenir que les articles et les études littéraires. Dans une situation analogue, Théophile Gautier s'en était mieux tiré. Certainement grâce à Baudelaire, qui lui avait dédicacé *Les Fleurs du mal*, mais aussi à Sainte-Beuve, le saint patron de la profession (la peine de Flaubert à la mort du critique qui ne l'avait pourtant jamais épargné : « Avec qui causer de littérature, maintenant ? » écrivait-il dès le lendemain à son vieux pote Maxime Du Camp), qui avait consacré à l'auteur d'*Émaux et camées* un formidable article pouvant aussi se lire à la manière d'un autoportrait. L'attaque du texte était pour le moins violente :

« Les poètes, lorsqu'on fait d'eux des critiques (car, on ne saurait se le dissimuler, la poésie de nos jours, c'est le luxe et l'ornement ; la critique, c'est le gagne-pain), les poètes ont une difficulté particulière à vaincre : ils ont un goût personnel très prononcé. Le père de la duchesse de Choiseul lui répétait souvent dans son enfance : "Ma fille, n'ayez pas de goût." Ce sage père savait que les délicats sont malheureux. De même, la première leçon qu'un père prévoyant devrait donner à son fils, si son fils se destinait à devenir un critique journaliste, ce serait, selon moi : Mon fils, n'ayez pas le goût trop dégoûté ; apprenez à manger de tout. »

— Au fait, qu'est-ce qu'on mange ce soir ? demanda-t-il à Gérard.

— Un osso buco.

Son ami s'était mis à l'ombre pour siroter sa toute nouvelle invention : le blanc-Perrier. C'était un cocktail prétendument dégressif. On commençait autour de midi avec un tiers de vin blanc bien frais et deux tiers de Perrier (« en bouteille, le Perrier, parce que le Perrier en cannette c'est trop dégueulasse ») puis, au fil de l'après-midi, on infléchissait les proportions jusqu'à en arriver, aux alentours de dix-neuf heures trente, au vin blanc pur.

Il se remit à lire *Anvers*, mais le texte était trop décousu. Ou alors c'est lui qui était trop bourré. Enfin, toujours est-il qu'à cause de cette fille qui écrivait comme une étoile ses pensées étaient revenues à Amélie Nothomb.

Par rapport à la déontologie de son métier, c'est moche à dire, mais le fait est que la romancière et lui se fréquentaient un tout petit peu. Deux à trois fois l'an, il leur arrivait de déjeuner dans le grand restaurant chinois du boulevard Magenta où elle avait ses habitudes : nems et champagne. La dernière fois, elle lui avait raconté qu'elle revenait d'un séjour de trois semaines en Amazonie, où elle avait testé l'ayahuasca, la drogue de la liane qu'utilisaient les chamanes pour leurs transes. De sa voix de petite fille psychotique échappée d'un film de Tim Burton, elle lui avait expliqué comment elle avait dû boire un immonde breuvage qui faisait énormément vomir ensuite.

— Mais c'est un peu le but, avait-elle ajouté. Cela purge le corps, le cœur et l'esprit. Son effet dure neuf mois.

— Tu es donc encore droguée au moment où je te parle ? s'était-il permis de lui demander.

— Oui.

Mais pas un sourire. Sur le teint de vieille poupée en porcelaine d'Amélie Nothomb avait au contraire passé une sorte d'ombre.

Parfois elle était accompagnée de son amoureux, un drôle de type plein de bagues gothiques aux doigts, un joueur de poker dont on racontait qu'il avait joué et perdu en une seule partie la galerie d'art qu'il possédait rue Mazarine. Mais il avait séduit Amélie, cet ultime bourgeonnement du surréalisme belge, en se rendant à l'une de ses dédicaces au Salon du livre habillé en homme-grenouille. Après les avoir vus ensemble, on pouvait passer des heures à rêvasser sur leur sexualité.

Et puis, tous les mois d'août, depuis vingt ans, Amélie Nothomb publiait un court roman. Et, chaque fois, il le recevait avec la même dédicace : *Au Mickey Rourke des lettres françaises*. Il n'avait jamais osé lui demander pourquoi. Il supposait que cela renvoyait au film de Darren Aronofsky, *The Wrestler*, où l'acteur américain interprétait le rôle d'un catcheur en fin de carrière. Dans le fond, ce n'était peut-être pas aussi flatteur qu'il aimait le croire.

L'osso buco de Gérard était sans tomate et délicieux. Ils mangèrent tous les deux sur la terrasse, pareils à deux petits vieux à qui on ne la faisait plus, qui en avaient assez vu désormais pour savoir à quoi s'en tenir sur un bon nombre de choses. En se couchant, le soleil leur offrit un lent ballet rose, puis quand la nuit fut tombée ils rentrèrent et s'installèrent dans le salon pour boire un cognac. Le grand air et le blanc-Perrier l'avaient fatigué, il commençait à piquer du nez.

— Tu veux que je te lise un conte de Borges ? demanda Gérard.

Il prononçait très bien le nom du grand écrivain argentin.

— Il s'intitule *La Nuit des dons*.

Et, de sa voix grave et râpeuse où s'entendait toujours l'accent terreux de la Haute-Saône, son ami se mit à raconter :

— *C'est dans l'ancien salon de thé de l'Aigle, rue Florida, à la hauteur de la rue Pietad, que nous entendîmes raconter l'histoire que voici...*

S'endormant à moitié, il se laissa pénétrer par la magie de l'histoire, ses étranges bifurcations, la part surréelle que l'immense écrivain arrivait à donner à chaque détail, presque à chaque mot, saturant d'émotion la parcimonie de son style. Et quand Gérard lut la dernière phrase, « Maintenant peu importe que ce soit moi ou un autre qui ait vu tuer Moreira », le visage du critique était baigné de larmes.

— Bon, moi, je vais me coucher, dit Gérard.

Puis il se leva, mais avant de quitter la pièce son ami se retourna et lui demanda :

— Ça fait combien de temps que tu n'avais pas pleuré de bonheur ?

12

Fin août. Allongé sur le divan, il raconte ça à Bob. Que la veille, à la terrasse d'un café, il a entendu cinq trentenaires, des bobos de son quartier, parler de cul. L'un d'eux avait à côté de lui un bébé, assis dans un engin sophistiqué : une Bugaboo, la poussette des stars désormais accessible aux plus ou moins communs des mortels. Il n'avait pas envie d'écouter ces types, mais ils parlaient fort, surtout l'un d'entre eux, qui narrait sa baise de la veille avec des détails crus qui faisaient rire les autres, leur ami racontait si bien les histoires. Grâce à Dieu, la petite bande leva rapidement le camp. Puis il vit l'un d'entre eux se pencher sur la poussette, relever la capote de plastique transparent et dire à un bambin : « On y va. » Le père ajouta de façon comminatoire : « Surtout, tu ne perds pas ton doudou ! » Le ton de sa voix était insupportable.

— Sur le coup, j'ai même failli en pleurer, dit-il à Bob. Au début, j'ai pensé que c'était la conversation grivoise qui m'avait fait souffrir. Et puis je me suis rendu compte qu'en fait c'était le détail du doudou. Je me suis dit :

bien sûr, tous les parents ont peur de perdre leur enfant. Mais s'il est en bonne santé, alors la perte du doudou fait écran et devient pour eux l'avatar symbolique et très vite obsessionnel de la perte de l'enfant. Je suis bien placé pour le savoir, avec mon bébé. Je sens que les parents, au bout d'un moment, achètent un double du doudou au cas, tout en ayant l'intime conviction que c'est inutile, qu'étant neuf, en dépit des multiples passages à la machine à laver, ce dopplegänger de doudou n'aura ni l'aspect repoussant ni l'odeur entêtante de *l'original*. Pas plus qu'un enfant à naître ne peut remplacer un enfant mort dans le cœur de ses parents. Quand on a égaré le doudou – et par définition on le perd tout le temps –, tout le monde s'affole, on le cherche partout, c'est la battue générale ! Cette disparition momentanée donne d'ailleurs lieu à d'innombrables livres terrifiants, que les parents lisent le soir à leurs enfants pour les endormir ! Je sais, continua-t-il sur le même ton angoissé car soudain docte, que Winnicott (et en prononçant ce nom, il chercha Bob du regard, mais allongé comme il l'était sur le divan il ne put apercevoir que le bout des mocassins en daim de son psy, ainsi que la Une du *Monde* qui traînait à ses pieds, avec la déclaration tonitruante d'un juré du prix Goncourt à propos du nouveau Houellebecq), je sais que Winnicott a théorisé le doudou comme un objet transitionnel permettant à l'enfant de lutter contre l'angoisse dépressive de la perte de la mère. Et ce que j'ai ressenti hier, quand ce connard de père a sermonné son trop petit pour comprendre, mais néanmoins assez grand pour être sensible au ton menaçant de la voix, m'a empli de révolte. J'avais soudain envie de monter un grand mouvement populaire pour l'abolition du doudou ! Je vous jure que c'est vrai ! Parce que j'ai senti à ce moment-là, au fond de mon cœur et de mon âme, que Winnicott peut bien raconter tout ce qu'il veut, le doudou est avant tout un objet transitionnel de la pulsion de mort ! C'est par cette peluche démantibulée, ce vague morceau de tissu suçoté par tous les bouts que l'enfant pénètre de front dans la pensée de la mort, lorsqu'il considère l'effroi de ses parents à l'idée que son doudou puisse disparaître. Première idée de la mort.

Bob se racla la gorge.

— Le fait est que le doudou n'existe pas dans les sociétés extra-occidentales.

— Voilà ! qu'il jubila. Pas si cons les Africains ! Pas si cons, les Indiens et autres Chinois ! Pas de doudou, donc pas chez eux de pulsion de mort, inoculée dès la petite enfance par des parents irresponsables !

S'ensuivit un interminable silence que Bob ne chercha pas à rompre, où le critique rumina sa colère, le corps extrêmement roide sur le divan. Seules ses mains s'agitaient, sans qu'il comprenne s'il tentait de chasser des démons ou de convaincre encore son psy, cette fois avec des gestes. Puis ses mains retombèrent le long de sa silhouette. Il resta longuement dans cette posture cadavérique. Bien plus tard, il expliquerait qu'il avait eu pour la première fois de sa vie la sensation d'être *au-dedans* de lui-même. Et que cela aurait pu durer une éternité, à croire qu'il était enfermé vivant dans un caveau, celui de la cavité de son corps, ce qui lui avait fait penser au conte de ce pauvre Edgar Poe, *L'Ensevelissement prématuré*. Puis, comme il le raconterait ensuite aussi bien à sa maîtresse qu'à sa femme, quand la voix de Bob s'était fait entendre, elle lui avait semblé surgir de fort loin, d'un promontoire où la science de son psy l'avait laissé mariner des années durant.

— Et votre doudou à vous, à quoi ressemblait-il ? Après tout, vous ne m'en avez jamais parlé, dit Bob sur un ton qui aurait semblé mielleux à n'importe qui, mais pas à lui, et surtout pas à cet instant précis.

Et c'est avec clarté qu'il répondit du fond de son tombeau :

— C'était un nounours normal... En peluche. Le modèle classique dans ces années-là, en fait.

Pourtant après ça sa voix se cassa en mille morceaux, et il n'aurait jamais cru qu'elle puisse être un jour aussi friable : il la sentit s'effriter en milliers de petites aiguilles au niveau de sa pomme d'Adam. Cela lui faisait mal, les mots qu'il lui restait à prononcer étaient en verre effilé et déchiraient les parois de sa gorge, entaillant au plus profond sa parole, la déchiquetant, non pas dans sa tête où ce qu'il avait à énoncer formait une stèle exacte, un bloc de pensée aux angles enfin taillés, mais là, et là, dans son ventre, dans son cœur, ses poumons... Il finit par exploser :

— Ma mère... Ma mère...

Mille forêts sombres dans ces deux mots.

— Elle m'a toujours dit... Elle me l'a toujours répété.

En larmes, les phrases s'organisaient, il ressentait une formidable décongestion au fond de son organisme.

— Que…

Cela lui tirait les boyaux vers l'infini.

— C'était le doudou de ma sœur morte. Il fallait que j'y fasse très attention. Ma mère me racontait qu'elle me l'avait légué. C'était mon héritage.

— Votre sœur morte un an et demi avant notre naissance ? demanda Bob.

— Oui. En guise de doudou, ma mère m'avait refilé celui de ma sœur décédée. On ne m'a pas laissé le choix. Ce « On ne m'a pas laissé le choix » fut répété, tantôt haché de sanglots, tantôt de fous rires, et parfois d'un mélange étrange des deux. Bob le laissa dévider ce mantra sans chercher à l'arrêter. On le sait, ce psychanalyste-là n'était pas aux pièces. Et il avait eu raison, de toute évidence, d'opter pour la séance longue, voire très longue, oui.

Peu à peu le critique littéraire se reprit.

— Le pire sans doute, poursuivit-il d'une voix presque posée en reniflant avec fracas par à-coups, parce que cela vous étouffe de pleurer couché (l'un des problèmes mal étudiés du dispositif du divan, génial pour le reste), c'est que j'ai adoré cet ours en peluche. Il m'a d'ailleurs suivi dans ma vie au-delà du raisonnable, très longtemps après mon enfance. Je dois même avouer à ma grande honte que, lorsque mon grand fils Paul est né, j'ai essayé à mon tour de lui refiler mon ours, comme ma mère l'avait fait avec moi, mais il n'en a jamais voulu. Au gré des déménagements, un jour cet ours auquel je tenais tant, et qui, je me souviens, avec le temps avait perdu un œil en forme de bouton, a disparu. Aujourd'hui je ne sais plus où il est. Je ne sais plus…

Il recommença à pleurer. Exaspéré peut-être (les séances avaient beau être longues, elles avaient tout de même leurs limites), Bob accomplit alors un geste qu'en sept ou huit ans de rendez-vous hebdomadaires il n'avait jamais fait. Il lui posa une main sur l'épaule et lui dit :

— Relevez-vous.

Il s'assit donc sur le bord du divan et se moucha un grand coup.

— C'est la dernière fois que nous nous voyons, lui dit Bob, en tout cas dans ces circonstances. Moi, je vous écouterai encore le dimanche soir à la radio, et peut-être, qui sait, nous recroiserons-nous au hasard de la vie. Mais je ne veux plus vous voir ici. Aujourd'hui marque la fin de votre analyse.

Bob, dont le vrai regard – il en prenait conscience à présent – lui avait toujours échappé, le fixait droit dans les yeux. Après ce qu'il venait d'éprouver (il se représentait son nez rougi ; des hoquets sifflants continuaient à lui soulever la poitrine), c'était difficile à soutenir. Mais Bob, avec une incroyable dureté dont il n'avait jamais fait la démonstration jusqu'à présent, présentant au contraire toujours le visage le plus doux, le plus chrétien qui soit, celui d'un homme ayant lui-même autrefois été blessé à l'âme et qui aurait cautérisé on ne sait comment, ne lui proposait plus aucune échappatoire. Incroyable, c'était réellement la fin. Le critique prit alors conscience que, durant toutes ces années où il s'était allongé sur le divan, il n'avait jamais envisagé ne serait-ce qu'une seconde ce moment-là, pas même en rêve. Le jour de sa guérison. Et soudain elle était là, irrévocable. Un bref instant, il pensa discuter cette décision unilatérale, mais il comprit que ce serait inutile, sans objet.

Du coup, balançant d'un pied sur l'autre, il ne voyait pas la façon de prendre congé. Il fouilla dans la poche de son jean pour trouver le fric de la séance, mais Bob l'arrêta avec un sourire qui resterait (*imago*).

— On ne paie jamais la dernière séance, dit le psy. Car, cette fois, on a payé.

Il sort du cabinet, les jambes en coton. Lentement, il descend l'escalier en se disant qu'il l'emprunte pour la dernière fois. Il s'intéresse à la patine de la rampe, il s'arrête sur des détails auxquels il n'avait jamais fait attention : un nom sur une porte, une sorte de profil féminin qu'un peu de peinture écaillée ébauche sur un pan de mur, un paillasson sur lequel est écrit vous y êtes. Quand il sort enfin, on dirait un noyé. (Liste d'écrivains morts noyés : Paul Celan, Jack London, Stefan Zweig, Arthur Cravan sans aucun doute, Shelley et bien sûr Virginia Woolf. Le philosophe Clément Rosset avait manqué se noyer, à Palma de Majorque, et en avait conçu un très beau livre : *Récit d'un noyé*). Lui-même avait failli périr de la sorte dans les courants et les rouleaux de la plage de Copacabana, à Rio de Janeiro, en juillet 2001.

Alors que c'était toujours son premier geste au sortir d'une séance, il n'allume pas de cigarette lorsqu'il est dans la rue, pas plus qu'il ne songe à se rendre au bistrot pour fêter ça. Il ne se dit pas non plus qu'il est imprudent de conduire dans l'état d'hébétude où il se trouve. Il met son casque, enfile ses gants, et démarre en trombe non sans manquer renverser une vieille dame qui clopine sur le trottoir. Elle se venge en lui donnant un violent coup de canne dans le dos. Pourtant, il n'a pas le temps de songer à la douleur car il vient de voir dans ses rétroviseurs une voiture de police au bout de la rue. Alors il prend vers Bastille sur les chapeaux de roues, tandis que le moteur froid de son scooter souffre et hoquette. Bon Dieu ! Il a terminé son analyse. Qu'est-ce que ça veut dire ? Oh. Il a presque envie de remonter voir Bob et de lui lancer : « Comment pouvez-vous ? De quel droit ? » Tout est allé tellement vite. Six ou sept années, il ne comptait plus, de rendez-vous hebdomadaires, et puis plus rien… On aurait dit la somptueuse arnaque d'un roman policier humoristique de Donald Westlake. Il bout et tempête sous son casque, car à ce moment bien précis il ne se sent ni guéri, ni libéré. Si pleurer à grandes eaux comme il vient de le faire l'a lavé et profondément poncé, il ne se sent pas différent pour autant. Il est le même que tout à l'heure, quand il est arrivé chez Bob sans imaginer ce qui allait se produire. Il est seulement beaucoup plus fatigué. Derrière lui la sirène des flics retentit, si bien qu'il double en la crochetant par la droite une Autolib aussi silencieuse qu'une tombe, en évitant de justesse dans cette rue très étroite un grand rasta qui joue à saute-mouton avec les plots le long du trottoir. Il a fini son analyse lui aussi, ou quoi ? Pourtant, le véritable accident se produit un peu plus loin quand, débouchant de la rue du Faubourg-Saint-Antoine il accède à la place de la Bastille. Il est arrêté au feu rouge à côté d'une camionnette de livraison Monoprix. Au sommet de la colonne de Juillet, le génie de la Liberté fait semblant de s'envoler en brisant ses fers, en semant la lumière. « La fin d'une analyse est-elle une révolution ? » se demande-t-il. Là, tout de suite, il en doute. Bob décideur. Bob dictateur. Bob promulguant : je ne veux plus de votre pognon. C'est quoi, cette histoire ? Si lui a envie de continuer de payer, comment peut-on pratiquement l'en empêcher ? Il pleurniche toujours sous sa visière. Le feu est passé au vert, il met brusquement les gaz sans réfléchir. Il hésite alors sur la direction à prendre et ça lui est fatal. Une voiture l'accroche par-derrière, pas trop vite, mais il perd tout de même l'équilibre et chute tandis que son scooter glisse sur le flanc en direction de la colonne.

Par chance, la circulation n'est pas trop dense. L'automobiliste sort immédiatement de sa voiture et l'aide à se relever. Plus de peur que de mal. Son jean est déchiré au niveau du genou, lequel saigne un peu. On remet d'aplomb le scooter qui s'en sort bien aussi, juste quelques éraflures. L'automobiliste est soulagé et lui sourit :

— Ça va aller ?

Oui. Il remonte en selle et repart vers son présent. Sur le boulevard Beaumarchais, la lumière est si belle, si mordorée en cette fin d'après-midi estivale qu'elle semble avoir été réglée par quelque grand chef opérateur. Il se met alors à fredonner une chanson que son Gérard a écrite pour Julien Clerc : *Aujourd'hui/ C'est le printemps/ Ta façon de dire/ Ta façon de rire/ Un jour merveilleux/ Pour être amoureux.* Près du Cirque d'hiver, il s'arrête dans une pharmacie pour faire désinfecter son genou. Pharmacienne entre deux âges, cheveux auburn, seins lourds sous la blouse propositionnelle. Il lui dit qu'il ne veut pas finir comme Rimbaud, cela la fait rire, et il regarde sa belle poitrine monter et descendre. Puis, en boitillant, il va au kiosque à journaux acheter *Le Monde* et s'installe à la terrasse d'un café. Commande un Perrier. Appelle Stéphanie. Quand elle décroche, il lui dit la grande nouvelle :

— J'ai fini mon analyse.

— Quoi, quoi ? Je n'entends rien ! fait-elle avec cette voix excitée qui donne envie de la sauter. Je suis à la foire de Miami. Iggy Pop est en concert sur la plage. C'est génial !

Il raccroche ; il est déjà presque midi dans son jean déchiré. Il ouvre le journal, cherche l'article sur Houellebecq. Le voici, en page 12. Ça le douche. L'affaire est titrée : « Tahar Ben Jelloun flingue Houellebecq. » Il le lit deux ou trois fois de suite sans s'interrompre pour être sûr de tout à fait comprendre. Il ingurgite ça ainsi que les diététiciens vous disent de manger, en mâchouillant bien chaque phrase, chaque paragraphe (il y en a trois). L'auteur des *Raisins de la galère* et de *Que la blessure se ferme* aurait déclaré à *La Repubblica* avoir perdu trois jours à lire *La Carte et le Territoire* qui n'a pas encore paru à cette heure. Affirmant avoir déchiffré les quatre cent vingt-sept pages crayon à la main, l'écrivain franco-marocain a noté « quelques délires » qui l'ont « perturbé » et « insatisfait ». Par exemple, des

« bavardages sur la condition humaine et une écriture affectée qui prétendait à l'épure ». Oh, toi, mon ami, se dit-il, tu ne vas pas l'emporter au paradis. Même si son genou le picote encore un peu, il ne se sent plus du tout rimbaldien. Il se prendrait plutôt pour une espèce de Madame de Merteuil sortie de l'univers de Bernard Montorgueil, son écrivain SM préféré, et qui lancerait en cuissardes et porte-jarretelle : « Eh bien, la guerre ! » Il est vivant.

13

Mais pas pour longtemps. La première semaine d'octobre, alors que les températures ont chuté d'un coup en dessous des normales saisonnières, un postier transi lui apporte son courrier. Parmi les paquets de livres, une facture de gaz à trois chiffres lui explose à la figure sitôt décachetée. Puis une lettre recommandée, provenant de la direction des programmes de la radio nationale, lui apprend sans plus d'explication qu'il ne participera plus au *Masque et la Plume*. Il se met à pleurer. Deux cent cinquante euros mensuels, pas loin d'un cinquième de son salaire, partent en fumée sans réchauffer personne. Sa vie tombe en lambeaux. Tout ça à cause de Haïti. Quelle mauvaise blague !

Le pire, c'est qu'il ne se trouve pas d'excuse. C'est sa faute, sa très grande faute, au sens judéo-chrétien du terme, si personne n'a compris ce qu'il a voulu dire à propos de l'entreprise de dévoilement historique *a posteriori* que menait James Ellroy dans ses romans. Il a été con, au-delà de toute limite. Au lieu de parler du tremblement de terre en Haïti, pourquoi n'a-t-il pas plutôt tissé un lien avec Balzac, le plus grand des écrivains nés à Tours (liste des écrivains nés à Tours : Paul Nizan, Courteline bien qu'il s'en soit toujours défendu, Yves Bonnefoy, René Boylesve, Alain Fournier dit A.D.G. et Philippe Néricault Destouches, le premier des grands Destouches de la littérature). Pourquoi n'a-t-il pas parlé de son *Histoire des treize*, ou bien raconté comment Balzac avait voulu créer une « franc-maçonnerie littéraire » nommée le Cheval Rouge, parce qu'il concevait l'ensemble de ses membres comme une écurie de fougueux talents qui finiraient par obtenir les postes-clés du monde littéraire, théâtral et journalistique ? Là, personne n'aurait rien dit et il travaillerait toujours. Balzac, à qui l'on devait aussi cette réflexion : « Tout pouvoir est une conspiration. »

Après ces bêtises, c'est lui qui tremble à présent. Il entend le bébé pleurnicher dans un coin de l'appartement devenu glacial. Ces derniers temps, celui-ci semble avoir régressé question langage. Il recommence à babiller comme s'il refusait de mettre un pied dans le grand bain du stade phallique. Avec l'infantilisme qu'on lui connaît désormais, notre chroniqueur littéraire s'enferme alors dans son bureau, la pièce le mieux chauffée de son appartement car dépourvue de fenêtres, et tente de faire le point sur la situation.

Il s'en révèle vite incapable. Le blanc plus que blanc de sa pensée lui indique en effet la montée en spirale d'une crise d'angoisse qui va le déshonorer en le tétanisant, quand ses cuisses raidies enserreront son sexe dans un puissant étau ; une fois encore son absence de volonté et sa pusillanimité seront démontrées.

Il ne grandirait donc jamais. La seule chose rassurante, peut-être, c'est qu'il arrivait maintenant à se le dire sitôt que le calme, un semblant de sérénité, la possibilité de la joie, redescendaient en lui. Comprendre qu'il avait toujours été ce « petit homme » que Wilhelm Reich tançait vertement pour sa « pernicieuse nostalgie de l'autorité ». Un minus, un Lucky, du nom que Samuel Beckett a donné à l'esclave, au sous-homme que le personnage de Pozzo tient en laisse dans *En attendant Godot*. Un soumis de la vie, au sens hégélien du terme. (Si le critique songeait ainsi à se comparer au petit homme de Wilhelm Reich, c'est certainement parce qu'il avait lu la veille, en se frappant les cuisses, en se tordant les côtes, une apostille que Michel Onfray avait cru bon de publier à propos de son brûlot sur Freud. Pour ne pas avoir l'air de rejeter en bloc la psychanalyse, le distrayant imbécile avouait tout le bien qu'il pensait par exemple de découvreur de l'orgone ; on croyait rêver.)

Pendant la guerre, sûr et certain qu'il n'aurait pas résisté. Il se serait contenté de rêver en secret à la défaite ennemie. Peut-être en aurait-il même fait un roman, qu'il aurait caché dans un tiroir fermé à double tour à la cave, histoire de ne le publier qu'aux plus beaux jours de la Libération. Il n'était hélas pas cet homme racé et de courage, apte à lutter, à se défendre contre les vicissitudes de l'existence. Il n'était même pas ce bon père de famille susceptible de combattre, avec la part d'égoïsme nécessaire pour favoriser les siens, au milieu de ce qu'il fallait bien appeler la guerre de tous contre tous depuis que la crise économique sévissait sous nos tropiques, véritable tsunami social engendré par les ordinateurs de l'ingénierie financière. Il était ce vieil adolescent passif, presque un enfant demeuré en cet instant, incapable d'attraper son téléphone pour appeler Gaz de France, faire valoir son statut de chômeur partiel et exiger un étalement de sa facture. Cela lui permettrait pourtant de respirer un peu, lui éviterait le gouffre d'un découvert que son banquier l'obligerait à combler en lui vendant de l'argent à un taux d'usurier, ou pire encore une coupure de gaz en plein hiver. Mais non. C'était sa femme qui allait encore faire ça pour lui, ou bien Stéphanie, qu'il avait trop envie de joindre là, tout de suite, pour criailler qu'elle lui manquait. Heureusement que sa maîtresse ne lui coûtait pas trop cher. Pensée sordide qui lui donna envie de vomir.

Il fallait endiguer la crise avant qu'elle ne s'étale telle une lame blanche sur toute la journée, immense flaque de lait caillé où l'une après l'autre les minutes, bientôt les heures, iraient se noyer. Il fallait absolument régler ce problème de chauffage avant que le bébé tombe malade. Sur son bureau embarrassé de romans neufs, avec leurs petits airs immaculés, séducteurs, hypocrites et, pour certains – c'était horrible –, déjà désuets, il repéra une plaquette d'anxiolytiques dépassant de son exemplaire de *La Carte et le Territoire*, où elle servait de marque-page à l'orée du chapitre où Jed Martin, qui voulait faire son portrait, allait voir Michel Houellebecq en Irlande.

L'écrivain faisait alors de lui un autoportrait au miroir digne de Rembrandt ou de Francis Bacon, on n'aurait su dire.

Après s'être attaqué à la science dans *Les Particules élémentaires* puis à la religion dans *La Possibilité d'une île*, Michel Houellebecq traitait cette fois de l'art. Surtout de la peinture, de la « grande peinture » même, suivant l'expression qu'on utilisait naguère, celle de la représentation et non de l'abstraction, ce qui expliquait les propos venimeux de Houellebecq ou de son double romanesque au sujet de Picasso. Toutes les œuvres peintes par Jed Martin dans le roman relevaient de la peinture réaliste, voire naturaliste. On comprenait pourquoi.

Il avala deux cachets avec un fond de vin blanc qui restait de la veille quand, au cours de la nuit, sa femme et lui avaient bu en s'engueulant à voix basse, afin de ne pas réveiller le bébé. À l'aube, ils s'étaient en fin de compte réconciliés dans une vieille baise ivre, non exempte de nostalgie, où quelque chose avait joui entre eux sans que ni l'un ni l'autre atteigne pour autant l'orgasme. En les regardant faire, on aurait pu comprendre ce que Lacan voulait dire par : « Il n'y a pas de rapport sexuel. »

Il n'y avait que de l'amour sur cette terre,
Et sa langue seule : poésie.

« Mais la littérature, il n'y a que ça de vrai ! Je le sais, puisque je n'arrive pas à en vivre selon vos faux critères ! »

Voilà en vérité ce qu'il aurait voulu hurler à l'employé de Gaz de France. De toute évidence, le mélange commençait à faire son petit effet. Mais, puisque l'angoisse se tenait toujours là, tel un serpent entre ses jambes avec une odeur de vieux gant de toilette, il décida de fumer un pétard. On racontait qu'herbe et vin blanc étaient le cocktail préféré de James Joyce, ce qui éclairait à la torche moult ténébreux recoins de *Finnegans Wake*. Il prit une pincée de *skunk* (« Fais attention, elle est super puissante », lui avait promis son dealer) dans la boîte Tupperware qui lui servait de tabatière. Il éventra une American Spirit et roula son joint. L'odeur de cette herbe était très forte, avec quelque chose d'emboucané, si bien qu'il alla fumer à la fenêtre de la cuisine. Saisi par le froid, il regarda les choses de la rue tout en commençant à planer. Comment expliquer ce que ça lui faisait ? Pour commencer, en dépit du paradoxe, il respirait mieux. Au fond de lui, une amarre lâchait et avec le verbe « planer » lui apparaissait une liberté provisoire inouïe : celle d'un prisonnier que l'on sortait de cellule après des mois ou des années. Tous ses sens étaient en éveil, y compris ceux dont il n'avait pas besoin pour l'instant. C'était presque trop ; il frôlait la saturation nerveuse.

Il demeura ainsi à la fenêtre à observer les personnes qui avançaient dans la rue en serrant leur manteau, butées contre le froid. Avec cette représentation altière qu'ils avaient d'eux-mêmes, des cyclistes pédalaient en pensant qu'ils étaient les premiers héros conscientisés de notre planète menacée. Puis des automobilistes, en majorité des hommes, cherchaient une place où se garer.

Ils tournaient parfois depuis longtemps, et paraissaient éprouver un plaisir ineffable – l'un des plus beaux et des plus purs qui soient au monde – lorsqu'ils en trouvaient une. En une merveilleuse collaboration entre l'homme et la machine, ils se lançaient alors dans des créneaux d'une folle audace, parvenant avec science à emboîter leur voiture entre deux autres, parfois au centimètre près, tout en s'alignant sur le trottoir avec la même joie sans doute qu'ils ressentaient enfants lorsqu'ils parvenaient au bout d'un jeu éducatif alambiqué. Le créneau, symbole de notre humanité.

Dans l'immeuble d'en face, à dix mètres de lui, des gens travaillaient devant des ordinateurs. Des hommes et beaucoup de femmes. Tous avaient entre vingt-cinq et quarante ans, la seule tranche d'âge qui semblait encore pouvoir disposer aujourd'hui d'un job à laisse courte : un CDD ou un CDI. Le fer de lance de la nation. Il n'y avait plus guère que dans les services publics, l'artisanat et quelques commerces très spécialisés qu'on pouvait trouver des quinquagénaires et de très jeunes sexagénaires au travail. Souvent il voyait ces malheureux titulaires d'un emploi descendre dans la rue pour fumer une cigarette ou/et téléphoner, deux gestes associés dans leur esprit, allez comprendre pourquoi. Durant ces longues journées de labeur, l'espace public leur tenait lieu d'espace privatif. Un renversement qui en disait long sur leurs conditions de salariés.

À ce qu'il pouvait en voir, les bureaux étaient sinistres, petits environnements froids, des tables en plastique blanc, ordinateur, téléphone, imprimante, câbles qui couraient un peu partout. Pas une fleur, pas une plante verte. Et des étagères vides, sans le moindre livre.

Voilà. La crise était passée

L'anxiolytique, l'herbe et le vin blanc avaient déchiqueté l'angoisse ; ils l'avaient démembrée ; ils l'avaient passée en petits morceaux à la moulinette

Ils l'avaient réduite en charpie

Puis ils avaient jeté ses cendres dans un sac poubelle en crachant par terre et en faisant le signe de croix.

« C'est mon emploi qui m'a perdu, pas l'inverse », pensa-t-il avec fierté en refermant la fenêtre. Qu'allait-il faire maintenant ? Lire pour lui. Écrire. Bosser un ti peu. À la manière de ces flics qui devenaient détectives privés lorsqu'ils étaient virés de la police, il pouvait devenir critique privé et tenter de réaliser le vœu de Virginia Woolf. Il ouvrirait une sorte de cabinet médical où, sous le sceau du secret professionnel, il confierait aux écrivains son diagnostic quant à la bonne santé de leurs œuvres. Sur Facebook, un type lui avait déjà envoyé un message où il lui disait : « J'ai terminé un roman et je cherche désormais un relecteur avisé qui pourra m'aider à améliorer mon manuscrit. Il faudrait me donner un avis sur le pacte narratif, le style, le rythme, etc. Comme il s'agit d'un vrai travail, j'ai prévu une petite rémunération. » Dans la pièce d'à côté, le bébé ne pleurait plus. En continuant de planer, il alla jouer avec lui.

De nouveau, il était vivant.

14

— Tu sous-entends que dire aujourd'hui du bien de Blanchard en tant que critique littéraire revient en fait à dire du mal du critique littéraire qu'était Maurice Blanchot ? C'est ça que tu prétends ? lui demanderait Gérard.

— Oui.

— Nom propre en tant que signifiant pur. Ses merveilleuses aventures... ?

— Oui.

Contre toute attente, Gérard et lui étaient devenus assez copains avec André Blanchard, le gardien de musée diariste de Vesoul qui passait, cela dit, beaucoup de temps à Paris. Au moins une fois par semaine, ils se retrouvaient tous les trois au Flore où ils discutaient en se saoulant à la dernière trouvaille du premier : le Schweppes-cognac. Cela avait le goût du sirop contre la toux, la couleur du sirop contre la toux, mais ce n'était pas du sirop contre la toux. Cela dit, avec un petit coup dans le nez, ce vieux schnock de Blanchard devenait assez irrésistible.

Bien sûr, il détestait Houellebecq.

— Lobbying des uns, veuleries des autres, sûr qu'il va l'avoir son prix Goncourt, ce piètre petit bonhomme ! qu'il hurlait, notre Blanchard national conservateur, dans la brasserie aux parements de *beautiful people* : mannequins chlorotiques, starlettes peu éclairées, éditeurs et philosophes mondains. Ses puissants réseaux vont remettre le couvert de l'écrivain maudit, tu parles, et bientôt nous bassiner avec le scandale que ça menace d'être, que Houellebecq doive encore attendre pour son prix Goncourt ! Mais mon poids en Schweppes-cognac qu'il l'aura !

Son nœud papillon, qui ressemblait ce jour-là à l'assiette de fruits du tableau des *Demoiselles d'Avignon*, en tressaillait tout de rage froide.

Lui, pendant ce temps, se taisait.

L'abruti.

Il avait renoncé à écrire cet article en faveur de *La Carte et le Territoire* après les stupides allégations de Tahar Ben Jelloun dans *La Repubblica* reproduites par *Le Monde*. Il faut dire que depuis qu'il avait été viré comme un malpropre du *Masque et la Plume* il n'avait plus de goût à rien. Il passait la plupart de ses journées effondré dans son lit à regarder avec le bébé *L'Âge de glace* 1, 2, 3, 4 ainsi que le film *Cars* qui, en dépit de son idéologie passéiste et de son exaspérant refrain « C'était mieux avant » (le dessin animé le mettait en scène de façon pataude et lancinante), lui arrachait de grosses larmes dépressives. Parfois, il avait envie de rappeler Bob, de lui dire : « Ça ne va pas du tout. Est-ce qu'on peut se revoir ? » Mais quelque chose en lui d'ancré plus profondément encore que sa (fin de) dépression l'en empêchait. Certes, il ne lisait plus autant qu'avant. À quoi bon ? Les services de presse qu'il continuait cependant de recevoir s'entassaient dans l'obscurité hivernale du couloir de la mort.

Il aurait eu pourtant des choses à raconter à propos de *La Carte et le Territoire*. Roman guère critiquable à ses yeux, et encore moins pour des questions de style. Roman sur la peinture, ainsi qu'il avait commencé à l'écrire sans jamais finir, lequel maintenait sa profondeur à la surface. « Il faudrait pouvoir écrire mal, comme tout le monde, gagner du temps », se plaignait Sartre. À l'instar de tous les grands écrivains, Houellebecq était un donneur de leçons d'écriture, et il ne fallait surtout pas, à son sujet, contrarier l'ordre des choses. Ce n'était pas lui qui écrivait comme Wikipédia, mais Wikipédia qui écrivait comme lui. D'où la transplantation ô combien harmonieuse de quelques articles de l'encyclopédie en ligne au cœur de sa prose. On n'y voyait que du feu. D'ailleurs, s'il avait à chercher un équivalent à l'auteur de *Plateforme*, ce n'était pas dans la littérature qu'il le trouverait, mais plutôt en peinture : Houellebecq lui paraissait le Gustave Courbet du roman français. Il n'avait pas son pareil pour décrire un enterrement et, de mémoire, dans *La Carte et le Territoire*, il n'y en avait pas moins de trois, dont celui de l'auteur, tous longuement décrits, avec des approches stylistiques, des perspectives et des focales différentes. Un genre de record.

Pour le reste, André Blanchard avait raison.

Quelques semaines plus tard, le 9 novembre, Michel Houellebecq obtiendrait en effet le prix Goncourt. Faute d'avoir trois jours à perdre pour la décrire, on ne peut qu'imaginer la tête de Tahar Ben Jelloun à l'issue du scrutin.

Comme le critique n'habitait pas très loin du restaurant Drouant où était remise la récompense ce lundi-là, n'y tenant plus, vers midi et demi, les résultats étant proclamés à treize heures, il avait dit à sa femme : « Il faut que j'aille voir. C'est historique. » Il n'avait encore jamais fait ça de sa vie. Il se rendait donc à pied jusqu'à la place de la Fontaine-Gaillon quand éclata une pluie battante, absolument sans principe, lourde et dont les gouttes faisaient presque mal à la tête. Il dut s'abriter un moment, avant d'affronter à nouveau le cataclysme afin de ne pas être en retard. Lorsqu'il arriva sur la placette, elle était noire de monde. Une foule de journalistes et de reporters patientaient avec stoïcisme sous ce déluge dans une ambiance moyenâgeuse, les perches des micros dressées telles des lances. Pour commencer, il observa cela de loin, comme une scène de genre, en songeant : « Tout le monde ici est au travail. »

Jed Martin, le héros de *La Carte et le Territoire*, aurait d'ailleurs pu en tirer, pensa-t-il, un tableau pour sa célèbre série des métiers, qu'il aurait alors intitulé : *Médias attendant la Littérature sous une nuée*.

Tout y aurait été hachuré, délavé, quasi tachiste.

Au premier plan, à droite de la toile, on aurait pourtant reconnu Olivier Benkemoun, l'envoyé spécial du service Culture de la principale chaîne d'informations en continu du pays, détrempé dans son costume trop cintré, le visage empreint de fatigue en dépit du sourire mécanique qu'il arborait toujours à moins de trente secondes de la prise d'antenne. Le reste de l'œuvre tout en largeur aurait superposé de multiples visages pour figurer la masse informe de l'industrie du spectacle. Seul serait ressorti, avec une impressionnante vivacité, le profil d'une jeune journaliste de BFM TV constellée de taches de rousseur, la bouche entrouverte en un cri muet, affolée par l'allure de foire d'empoigne que prenait l'événement. À l'arrière-plan du tableau, dans un lavis charbonneux, sous un pauvre ciel éteint, on aurait deviné la longiligne carlingue d'une Mercedes noire conduisant Michel Houellebecq jusqu'à sa récompense.

— Houellebecq, j'ai pas lu, mais je déteste la manière dont il tient sa cigarette, crut bon d'ajouter Gérard.

André Blanchard, lui, avait déjà laissé tomber le sujet pour se lancer tel un devin vésuvien dans une nouvelle invective qui faillit le faire chialer pour de bon :

— France Inter, disait-il, nous livre chaque matin la chronique livre, d'une journaliste qui, au compteur, doit avoir près de mille cinq cents pages lues par semaine. Reprenons notre sérieux ! Il faudrait inventer un mot qui soit à la lecture ce que le mot « nègre » est à l'écriture.

Là-dessus, ayant tout énoncé, Blanchard leva le camp sans payer le moins du monde pour s'en aller rejoindre son éditeur implanté pas très loin, rue Racine. Il n'y avait pas de hasard et il fallait croire que même à Paris, la ville la plus insurrectionnelle du monde, la terre ne mentait pas. Ils étaient donc seuls à nouveau, Gérard et lui, à la terrasse du Flore en ce beau mois de novembre. Depuis deux ou trois ans, curieusement, à cause du réchauffement climatique, les arrière-saisons se révélaient de plus en plus douces dans la capitale. Et, pour la première fois, il se rendit compte qu'à l'angle de la rue Saint-Benoît et du boulevard Saint-Germain l'artiste Miss Tic n'avait pas pu s'empêcher de réaliser un de ses pochoirs où Marguerite Duras était réduite à un pictogramme.

Si ça se trouve, Duras aurait adoré.

Elle était tellement midinette, Marguerite, parfois.

En fait, il n'était jamais bien sûr de ses propres idées.

Il les avançait pourtant jusqu'au bout, avec bravoure.

Tout en conservant à l'esprit qu'il pouvait toujours se replier sur un point de vue plus populaire que le sien.

Son métier lui avait appris cette versatilité. Par définition, le critique était celui qui savait changer d'avis comme de chemise. Si lui conservait longtemps les siens, il gardait toutefois à l'esprit qu'aucun dossier ne pouvait être clos à jamais. Même le pire des écrivains était capable de pondre un bon livre de nos jours. Bosser un ti peu. Il fallait toujours tout vérifier.

Pour un critique, changer d'opinion devait être aisé. Aussi bataillait-il ferme pour des idées qu'il aurait combattues sans problème pour peu qu'elles fussent devenues celles de son pire ennemi. Il s'était rêvé critique urticant, incompris, à la fois Minotaure et minoritaire. Qui sait si ça ne l'avait pas perdu ? Cela dit, Miss Tic, il n'avait jamais changé d'avis à son sujet, il l'avait toujours eue dans le pif. Le pavot artificiel de la rue, le graff' étatique, la poésie de rue gouvernementale... La collaboration des murs ne s'exprimant plus qu'en pictogrammes... Le silence de la pierre... Son fascisme souriant, pas si grave que ça...

« Tout de même, cela se saurait si une illusion pouvait mourir », pensa-t-il, à croire qu'il était devenu l'un ou l'autre des personnages des romans de la rentrée littéraire qu'il n'avait plus désormais à gober comme des œufs. Pour maintenir en vie une illusion, il suffisait de l'arroser chaque matin avec d'autres illusions, cela marchait très bien. Penser à changer la terre aussi, de temps en temps. Éviter les mélancoliques crispations identitaires à la Blanchard. Devenir en vitesse Chinois ou Japonais, c'était facile. Treizième ou deuxième arrondissement, d'un coup de scooter, s'imprégner d'autres mondes. Indien et Turc vers Strasbourg-Saint-Denis. Arabe et Africain, direction Barbès-Rochechouart. Il déplia mentalement le plan de Paris, revit la ville dessinée et lui trouva l'air d'un cœur écrasé. Par exemple, l'illusion de la poésie pouvait-elle mourir dans le cœur des hommes ?

« Paris est la grande salle de lecture d'une bibliothèque que traverse la Seine », écrivait Walter Benjamin. Bien vu.

Il aurait aimé révéler son secret à Gérard, cela l'aurait soulagé. Lui dire qu'il n'avait pas osé avouer aux membres de sa famille qu'il avait été viré du *Masque & la Plume*. Pire encore : pour tromper son monde, il faisait toujours semblant d'y aller... Tiens, jeudi dernier. Il s'était enfermé tout l'après-midi dans son bureau prétendant qu'il préparait l'émission. Il ne fallait le déranger sous aucun prétexte, alors qu'en réalité il surfait sur des sites de cul en espérant juguler, dans une addiction à la pornographie, l'angoisse qui l'étreignait. Une montagne de pulsions. Puis, vers dix-neuf heures, il avait embrassé sa femme en lui disant « À tout à l'heure, ma chérie, je vais au *Masque* », puis il avait enfourché son scooter et s'était dirigé comme d'habitude vers la Maison de la radio. Bien sûr, il aurait pu prendre une autre direction, mais c'était impossible, il ne s'y résolvait pas. Il était attiré, aimanté ; il refusait d'être loin de sa déréliction, ou plus simplement insincère dans son mensonge. En arrivant, il s'était bien sûr garé dans les petites rues adjacentes afin de ne pas être remarqué. Le public faisait déjà la queue devant le studio 105, et pendant une quinzaine de minutes il l'observa à distance, depuis l'encoignure du Monoprix. Dix-neuf heures cinquante-cinq. Le public était entré dans le studio. Il ne pouvait plus aller au Bar des Ondes, on aurait pu le reconnaître. On aurait alors compris que c'était grave… Qu'il était devenu une sorte de… Comment s'appelait-il déjà… Emmanuel Carrère avait écrit un bouquin à son sujet… Ah oui, Jean-Claude Romand. Ce nom, dites ! Même avec un D, cela le faisait. Un type qui avait fait croire pendant dix-neuf ans à sa famille qu'il était médecin avant d'assassiner tout le monde : père, mère, femme et enfants. Ensuite, il avait raté le meurtre de sa maîtresse et son suicide. Car Romand avait de surcroît une maîtresse, une double vie dans sa double vie pareille à un puits sans fond. Si on voyait le critique aux Ondes, le bruit courrait vite dans Paris que c'était pathétique, qu'il était devenu le Jean-Claude Romand de la critique littéraire, qu'il hantait la Maison de la radio à l'heure de l'enregistrement du *Masque* alors qu'il n'y participait plus depuis la rentrée. Alors il tournait en rond dans les rues sombres, en matant l'heure sur son iPhone. Vingt heures. L'émission commençait, avec, au premier rang du public, ceux qui ne rataient jamais un enregistrement et prenaient des notes, les fidèles. Vingt heures dix : Jérôme Garcin devait en avoir fini avec le courrier des lecteurs, on allait en arriver aux choses sérieuses. Par quel livre débuterait-on ? Quel critique serait interrogé le premier ? Il se souvenait combien il serrait les fesses au début de l'émission. Puis peu à peu ses pas erratiques finirent par le conduire jusqu'au pont de Grenelle, et la Seine.

Enfant, à Tours, il détestait marcher sur les ponts. Il avait toujours cette peur absurde qu'ils s'effondrent, et ses parents se moquaient de lui, démunis devant sa phobie. Mais, le 9 avril 1978, il avait alors quatorze ans, le pont Wilson, que tous les Tourangeaux appelaient avec révérence le Pont de pierre, s'était subitement écroulé afin de lui donner raison. L'accident n'avait fait aucune victime, pourtant le centre-ville avait été privé d'eau courante pendant une semaine, et on allait la puiser dans des puits que l'on avait redécouverts au fond des courettes et des jardins privés. L'adolescent avait vécu une étrange période d'autarcie, de désordre et de solidarité qui lui manquerait lorsqu'elle prendrait fin. Cette phobie des ponts avait fini par lui passer et il avançait dans la nuit sur celui de Grenelle, désert à cette heure. Il avait dans son dos la réplique de la statue de la Liberté, tout un symbole. Mais de quoi ? Accoudé à la rambarde par-dessus laquelle on pouvait facilement sauter, il contemplait les eaux noires de la Seine en se récitant le seul poème de Paul Celan qu'il connaissait :

C'est moi, moi,
Je gisais entre vous, j'étais
Ouvert, étais
Audible, je tendais les doigts vers vous, votre souffle
Obéissait, c'est
Toujours moi, vous
Dormiez n'est-ce pas ?

Audible, c'était bien le mot. Une péniche passa et, un bref instant, il put voir avec netteté le visage du marinier dans sa cabine. Dieu qu'il aurait aimé être à ses côtés et se dire : « Voilà, je suis embarqué pour une autre vie, je disparais au moins jusqu'à Rouen. » Quelle belle épiphanie ! Vingt heures cinquante-cinq, l'émission touchant à sa fin, il regagna son poste d'observation à l'ombre du Monoprix. Et dix minutes plus tard, il vit les quatre critiques du *Masque* sortir de la Maison de la radio, allumer des cigarettes, discuter et rire. Ils se dirigeaient, qui vers la station de taxis, qui vers le RER. Il attendit qu'ils se soient fondus dans la nuit pour reprendre son scooter. Chez lui, sa femme l'attendait pour dîner. Comme il le faisait d'ordinaire, il lui raconta de long en large l'émission à laquelle il n'avait pas participé. Combien de temps pareil mensonge pouvait-il durer ?

C'est tout cela qu'il aurait voulu raconter à Gérard.
Il ruminait depuis un moment les phrases entières dans sa tête, elles étaient enfin prêtes à sortir, mais son poète d'ami était abîmé dans la contemplation d'une belle qui venait de s'asseoir à la table d'à côté, avec des jambes s'évadant nues d'un short en jean, et l'on entendit en outre un formidable tintamarre en provenance du boulevard Saint-Germain.

Bruit de casseroles, de tambourins, de caisses claires ! Fifres et sifflets ! Cornes de brume et klaxons ! Célèbre chanson du groupe Téléphone *Je rêvais d'un autre monde* avec ces rimes contournées par le vent qui soufflait à l'unisson ! Et puis des cris ! Bien identifiables ! D'êtres humains en rage, à bout ! Des slogans ! Une manifestation... Elle avait dû partir de la place de la Concorde ou d'on ne sait où ! Gérard et lui étaient aux premières loges. Ils virent passer d'abord les gros bras de la CGT avec un camion sono de chez Kiloutou, c'était écrit dessus, et un énorme ballon rouge qui se balançait dans le ciel... Derrière, des malingres en anorak, en doudoune... Il ne faisait plus aussi chaud que tout à l'heure... On se pelait, malgré la clémence de ce début d'hiver... D'ailleurs, Gérard voulait rentrer.

— Cette terrasse du Flore, c'est pour les œufs à la coque, qu'il disait.

Il est vrai que la belle en short s'était évanouie dans la nature, sans doute une Américaine effrayée par un genre d'agitation qui n'avait lieu qu'ici, en France. Mais lui tenait encore à profiter du spectacle gratuit. Une banderole de la CFDT, des chrétiens de gauche, des gens ayant la bonté en même temps que la fatigue de cette bonté peintes sur le visage. Ils gueulaient à peine, ils avançaient avec le plaisir qu'on ressent malgré tout à marcher sous l'œil du bourgeois esbaudi, en arrêt complet sur le trottoir.

Au bout d'un moment, Gérard et lui comprirent que ces citoyens manifestaient pour leur droit à la retraite. Ils étaient assez chafouins et nombreux, cela dit, à ne pas vouloir bosser un ti peu plus comme le gouvernement de leur patron à tous le leur réclamait. (Liste d'écrivains qui avaient annoncé qu'ils arrêtaient d'écrire, qu'ils prenaient leur retraite : Arthur Rimbaud, Kurt Vonnegut, Georges Simenon, Philip Roth, António Lobo Antunes). « Une nouvelle République ! » réclamaient même les plus jeunes… Ils étaient gonflés. En tout cas, le cortège n'en finissait pas, serpentant sur ce qui semblait des kilomètres. Les types les plus marrants, c'étaient ceux du syndicat Sud. Ils avaient une façon de faire bien à eux. Ils s'arrêtaient d'un coup, laissaient partir l'avant du cortège, puis, à un signal, se mettaient tous à courir en hurlant pour le rattraper. Il fit un bond d'enthousiasme.

— Faut que j'aille voir ! cria-t-il à Gérard, et le voici parti pour s'engager, et au pas de course encore !

— T'es con, lui lança Gérard. On est bien là. On boit.

Tout le monde les regardait. Cela l'avait un peu froissé que son ami prenne la chose ainsi, mais ça ne l'avait pas arrêté. Il s'était glissé dans les rangs de la manif, à marcher au même pas que tout le monde. « J'y suis, j'y reste », pensa-t-il. Et ils marchèrent longtemps.

Ils passèrent devant les cinémas d'Odéon en chantant, ils franchirent le Boul' Mich' surveillés des deux côtés par des CRS, attentifs à les empêcher de descendre vers le Palais de justice ou de remonter vers le Sénat. Ils continuèrent vers le carrefour Saint-Jacques, rejoints par des étudiants de la Sorbonne aux airs d'anarchistes encagoulés ou de petits mecs falots très éduqués, on ne savait pas desquels se méfier le plus, qui étaient tous accompagnés de très belles filles. Le flot humain grossissait, grondait le long du boulevard, et quand ils traversèrent la Seine par le pont de Sully il comprit que la tête du cortège était déjà arrivée à la Bastille, que c'était là qu'ils se rendaient, là que ça allait finir comme toujours en bataille rangée. En attendant, sur le boulevard Henri-IV, ça n'avançait pas, on piétinait. Il se dit qu'il allait ruser, qu'il allait prendre seul par les petites rues du Marais pour rejoindre Bastille. Mais les ruelles étaient cernées, quadrillées par des flics à l'air mauvais. Par chance, il trouva un bistrot qui avait eu la bonne idée de ne pas fermer. On y entendait du dedans les sirènes des pompiers et des policiers. Un estaminet peu fréquentable, sale, cradingue, avec des petits vieux qui se donnaient soudain l'air de jouer sérieusement au poker ou à la manille.

Genre : on n'est pas là.

Devant tant de désinvolture instillée par les anciens, il commanda un café allongé, sortit son calepin, et il commença à écrire ça :

15

Ce 24 décembre, vers midi, il se déshabilla entièrement devant une porte close.
Il posa ses vêtements en boule à côté de lui.
Ils resteraient sur le palier jusqu'à la fin de la dernière grosse connerie qu'il s'apprêtait
à faire.
Connerie pendant laquelle il serait nu, vulnérable ; à la merci de l'autre.
Il sonna
Son doigt tremblait un peu
Puis, très vite, il se mit en position réglementaire d'attente sur le paillasson aux crins durs où il était écrit VOUS Y ÊTES : à genoux, les cuisses bien écartées, les fesses reposant sur les talons, les épaules rentrées et les mains présentant ses organes sexuels en offrande
Il connaissait les règles
Il savait que cela pouvait être long
Il sentait le crin du paillasson pénétrer durement dans ses genoux, toutefois il ne bougeait pas, parvenant

à contrôler jusqu'au frisson électrique qui lui descendait des cervicales jusqu'au coccyx.

Il n'ignorait pas que le Maître devait l'observer par l'œilleton afin de voir si sa véritable queue, la vraie de vraie, gonflait obséquieusement.

Petit à petit, son esprit se vidait.

En attendant que la porte s'ouvre, c'était déjà un sas de décompression où il perdait minute après minute chacun de ses soucis du moment : la lettre recommandée où la direction de la radio nationale venait de lui apprendre que sa chronique littéraire ne serait pas reconduite, la facture de gaz à trois chiffres qui lui avait hier explosé à la figure, l'article sur Coetzee critique littéraire qu'il devait écrire en urgence, un mois de loyer en souffrance, sa femme, sa maîtresse, le bébé... Absent à lui-même, il se chosifiait doucement.

Sa queue avait déjà nettement durci contre sa volonté. S'il réfléchissait toujours un peu, ce devait être là.

Il y avait longtemps que son Maître, un imprimeur à la retraite de Versailles, lui avait proposé de se rendre à son domicile pour une séance de soumission en réel. Il avait toujours refusé avec obstination, arguant qu'il n'était pas homosexuel, qu'il préférerait le cas échéant se soumettre à une femme, reconnaissant que cela lui faisait en outre aussi peur que le premier cercle de l'enfer. Mais son Maître avait réfuté ces arguments un à un : lui non plus n'était pas homosexuel ; se soumettre était une action transitive (on ne se soumettait pas à quelqu'un, on se soumettait tout court, parce qu'on en avait envie), la peur était jouissive. Quant au premier cercle de l'enfer, il était purement touristique.

Et puis tu seras mon cadeau de Noël, avait ajouté le Maître.

Il était nu dans ce corridor d'immeuble où n'importe qui pouvait le voir. Il étudiait le moindre bruit, mais pour autant il aurait aimé qu'on le surprenne. Une vieille dame à l'Éros anesthésié qui aurait lâché son cabas d'où dépassaient quelques poireaux pour se caresser en le contemplant telle une providence sexuelle ou *something* tombé de la cheminée, par exemple. Devant une porte dont il n'était même pas sûr qu'elle allât s'ouvrir un jour. Pourtant, il fit tout pour. Il donna des gages en rentrant le plus possible son ventre, en essayant d'afficher la plus grande des servilités. Ainsi faisait-il briller ses yeux, la bouche entrouverte en laissant tomber sa mâchoire inférieure pour étouffer un lapement de lope. À un moment, il tira même la langue, non pas vulgairement droite en un geste d'insolence convenu, mais pendante comme celle d'un chien servile. Ce qui, à l'évidence, décida son quelconque Maître à lui ouvrir sa porte.

Sur la dernière ligne de défense qu'il opposait à la réalisation de son désir par rapport à sa version fantasmée, il avait toujours expliqué à son Maître que le SM était à ses yeux plus un scénario qu'un film, une expérience littéraire extrême, une affaire de mots plutôt que de maux, une écriturc à quatre mains... Disant cela, allez, quasi fortuitement, il cherchait du coup des noms d'écrivains qui auraient œuvré à quatre mains : Marx et Engels, Deleuze et Guattari, Erckmann et Chatrian, les frères Goncourt bien sûr, Alexandre Dumas et Auguste Maquet, Joseph Conrad et Ford Madox Ford quand ils écrivent ensemble *La Nature d'un crime*, Franck et Vautrin, les rois du roman à énigme Boileau et Narcejac, et leurs équivalents transalpins, Fruttero... Comment s'appelait l'autre ?

Lucentini, un truc comme ça.

Il avait lu qu'il était mort récemment.

Ces deux écrivains italiens demeureraient sans doute de petits maîtres, mais leurs romans traduits aux éditions du Sémaphore dans les années 80 s'étaient bien vendus, il se souvenait d'en avoir dévoré deux ou trois à l'époque. De Boileau, il ignorait tout. Toutefois, en ce qui concerne Narcejac il savait qu'il avait vécu à un moment donné à Tours. Dans son lycée, on racontait même que sa prof de français était l'épouse du complice de Boileau. (En fait, il est fort probable, c'est en tout cas ce qu'il pense aujourd'hui, que tout le monde confondît à cette époque ADG avec Thomas Narcejac). Toujours est-il qu'un jour, à la sortie des cours, il avait suivi sa prof jusqu'à son domicile pour voir à quoi ressemblait la maison d'un écrivain vivant, car, pour le reste, ils étaient tous morts dans cette ville. Ce qui l'avait bien déçu. Dans le centre où toutes les rues portaient des noms de victoires napoléoniennes (Sébastopol, Inkerman, etc.), à croire qu'on marchait dans un roman d'Erckmann-Chatrian, c'était une simple maison sur deux étages, somme toute assez similaire à la sienne.

Pendant plusieurs quarts d'heure en vain il avait guetté une silhouette d'homme, et de lettres en l'occurrence, derrière les rideaux de batiste ou de cretonne ; il n'aurait su le préciser à cette époque où les mots étaient encore des gemmes pour lui. Chez les Goncourt, que Gustave Flaubert surnommait les Bichons, il apparaissait enfin que Jules faisait le plan et qu'Edmond le rédigeait. Un peu comme son Maître et lui, finalement.

Ce dernier lui avait suggéré un jour l'agrégation d'un tiers. Il avait griffonné dans un coin du scénario qu'ils élaboraient lentement depuis des mois en s'échangeant des mails la silhouette d'une femme très âgée qui le surprendrait dans le couloir alors qu'il serait nu et obscène en position d'attente à genoux sur le paillasson, le sexe bien droit, ce qui lui permettait d'avoir désormais les mains sur la tête, pareil à un prisonnier ou à quelque enfant puni. En revanche, c'était lui qui au cours de leur correspondance, beaucoup moins chic que celle entretenue par Sacher-Masoch avec Wanda, avait amplifié le rôle de cette vieille femme, qu'il avait enrichie d'accessoires (cabas, poireaux, ou orties pour une soupe du soir dont un demi-pot de crème fraîche adoucirait l'amertume), puis dont il avait défini la silhouette (en prenant, comprit-il lentement, à la fois sa vieille tante et sa jeune cousine pour modèles).

Autres Bichons.

C'était donc, pour tout dire, une femme de soixante-quinze ans environ, longue sèche et élégante comme un vieux Modigliani, bien que des varices violacées, presque noires par endroits, lui courussent le long des jambes. Notre ex-critique ou chroniqueur littéraire pouvait bien les considérer. Car en dépit de son grand âge cette femme portait une robe élégante, noire certes, mais très courte, surtout pour s'en aller faire des courses. Ses pieds étaient chaussés de mules en strass dans les mauves assorties à ses varices. Son visage, il ne pouvait le voir étant donné la position dans laquelle il se trouvait. Cependant, il l'imaginait aride et sévère, longiligne et plat, divisé par un grand nez et clos par un chignon strict de cheveux blancs aux reflets gris. Or, vers la fin de leurs échanges, la vieille dame n'était plus l'apparition détaillée qu'elle avait été au début de la narration. À la fin, elle devenait l'objet d'une bifurcation narrative, à la façon d'un Julio Cortázar dans *Marelle* ou d'un Georges Perec.

Car si son Maître continuait ainsi à le reluquer par l'œilleton sans prendre conscience de la situation... S'il tardait encore à lui ouvrir sa porte ô combien mal-saine... Alors, à n'en pas douter, après avoir posé son cabas et tout en se caressant d'une main tavelée, parée d'une absence de bague, la vieille dame se mettrait à taper de l'autre sur sa cuisse... Comme on le faisait d'ordinaire pour attirer ou appeler à soi un chiot, un chien... Irrésistiblement, il s'avancerait alors vers elle à quatre pattes, dans le souci animal de lui lécher l'entrejambe, avant qu'elle ne l'attrape par la peau du cou et ne l'entraîne dans son appartement.

Et là, posée sur un guéridon, la photo d'un enfant ayant l'air d'un jeune roi en civil serait la première chose qu'il percevrait en entrant.

— Redresse-toi, lui ordonnerait la femme cacochyme.

Il se remettrait debout, se rendrait alors compte qu'elle était plus grande que lui.

Qu'elle le toisait.

— Écarte tes bras de ton corps. Bien. Reste droit et raide.

Lui dit-elle.

Sa voix faisait songer à quelque métal ancien : du cuivre ou de l'étain.

Il la vit alors partir vers le fond de l'appartement, bourgeois sans doute, mais tout de même, à bien y regarder, trop bas de plafond. Il l'entendit ouvrir des placards, des tiroirs, chercher des choses. Il ne désirait pourtant pas la suivre, il préférait rester seul, concentré sur ce qu'il était dans cette situation-là. Et pour rester en lui il se mit à réciter à voix basse les fins de lettres de Flaubert à Aglaé Sabatier ou à Jeanne de Tourbey, deux demi-mondaines que l'auteur de *L'Éducation sentimentale* avait intimement connues : « Je me précipite sous la semelle de vos pantoufles, et, tout en les baisant, je répète que je suis tout à vous. »

Ou encore : « C'est dans trois semaines, à Noël, que je compte, chère Présidente, me précipiter à vos pieds. En attendant, je fais une caresse obscène dans chaque œillet de vos bottines et vous prie de croire que je vous aime beaucoup, de toutes les façons. » Ainsi se rassérénait-il. Et puis bientôt elle revint avec plusieurs boîtes à chaussures qui paraissaient très légères entre ses mains.

Il gémit de bonheur en croisant son regard, il était tellement heureux, maintenant. Il la regarda ouvrir les boîtes pleines de guirlandes de Noël du même modèle, des argentées avec des papillotes rouges à intervalles réguliers, où tout finissait par se confondre dans la couleur. Il subit la caresse légère du papier métallisé des guirlandes contre ses parties, que cette femme ancestrale serrait jusqu'à l'excès. Ses boules devenaient rouges, c'était éprouvant. Idem de ses tétons enguirlandés et de sa bouche bâillonnée, les papillotes se logeant presque à la perfection entre ses maxillaires. Il était maintenant devenu sapin, pour le plus grand bonheur de l'enfant roi qui le fixait toujours depuis son cadre.

Voilà qui n'avait plus rien à voir avec ce qui avait été écrit.

Paris, avril 2013

Éditions Belfond
12, avenue d'Italie
75013 Paris

Canada :
Interforum Canada, Inc.
1055, bd René-Lévesque-Est
Bureau 1100
Montréal, Québec, H2L 4S5

ISBN : 978-2-7144-5623-6